海外小説 永遠の本棚

旅に出る時ほほえみを

ナターリヤ・ソコローワ

草鹿外吉＝訳

白水uブックス

ЗАХВАТИ С СОБОЙ УЛЫБКУ НА ДОРОГУ...

Наталья Соколова

1965

目次

1 人間と怪獣 7
2 事故 17
3 首相 23
4 見習工 30
5 科学芸術院総裁 45
6 ルサールカ 60
7 静かなる抵抗 75
8 ルルジットとは何か 98
9 卑劣への転換 114
10 急がねばならない 142

11　忘却の刑　161
12　旅人、ヨーロッパを行く　181
訳者のあとがき（『怪獣17P』大光社版）　205
訳者あとがき（サンリオSF文庫版）　214

旅に出る時ほほえみを

もしわたしが、自己を守らねば、だれがわたしを守ってくれるだろう?

しかし、もしわたしが、自己のためのみを考えるなら、なんのためにわたしは存在しているのだろう?

（古い墓石の碑文）

1　人間と怪獣

《人間》が怪獣をつくりだした。

怪獣は金属性である。それでこの怪獣は、鉄製怪獣と呼ばれた。といっても、むろん、普通の鉄でできているわけではなく、その骨格を作製するには、五十三種類のさまざまな合金が用いられている。その中には、パーメンダー（高飽和磁気をおびている）、パーミナヴル（永久透磁性をもっている）、センダストもしくはアルサイファ（この合金はもろいので、板状にのばすことができず、鋳造部品として用いられる）、ヴィケロイ、クロームアルミ（鉄アルミより耐熱性が高い）、それに銅ニッケル鉄、銅ニッケルクローム、その他いろいろな合金がふくまれている。要するに、世界じゅうの百科辞典、なかんずくソビエト大百科（第四〇巻、三一八―三二一ページ）に記載されているさまざまな合金である。

怪獣の体内をめぐっている金属パイプには、人工的に総合され、血液組成に近い組成をもつ液体が、流れていた。それは、明るい緑色の温かい液体で、体内を循環していた。怪獣の生命活動を維持するためには、生肉（なまにく）を餌にしなければならなかった。

あなたがたはいうにちがいない、そんなことがあるもんかい、と。そうあわてて、きめこまないでいただきたい。最初にはっきりおことわりしておいたはずだが、この話は、いささかおとぎばなしめいてはいる。しかし、おとぎばなしがうそ八百とはかぎるまい？

ことの起こりは……さて、どこといえばよかろう？　よく「ある王さまの国で、ある国で」などというものだが、わたしは、もう少し正確にいわせてもらおう。ことの起こりはヨーロッパである。ヨーロッパはこの世界の一部。ヨーロッパとアジアによってつくられる大陸の西部をなしている。大陸半球の中心に位し、ほとんど全域が温帯にぞくしている（南部は亜熱帯に、北部は亜北極地帯にぞくし、いくつかの島嶼（とうしょ）は北極圏に入る）。ヨーロッパの端にあたる地点の地理的座標は、つぎのとおりである。その北端は、北緯七一度〇八分（スカンジナヴィア半島ノルドキン岬）、南端は、北緯三五度五九分五〇秒（ピレネー半島ジブラルタル海峡のタリファ岬）、その西端は、西経九度三四分（ピレネー半島ロカ岬）、東端は、東経六七度（極北ウラル）に位している。「ヨーロッパ」という名称は、フェニキア語の「エレブ」もしくは「イリブ」から生まれたもので、日没を意味している。

この鉄製怪獣を発案し計画し設計した《人間》は、静かな広々とした灰青色の入江にのぞむ大きな工業都市に住んでいた。この人は、有名な設計家だった。かれの研究室は、オベリスクのように細長い全階ガラスばりのビルの十三階にある。そのビルは、〈針の家〉と呼ばれていた。そこでかれは仕事をし、そこに住んでいる。このビルの下の方の階、それに地下室には、いくつもの工作室があり、昼も夜も工作機械が動きつづけている。そしてそのビルは、これらの機械の間断ないうなり、まるで一定の音調に固定してしまったようなにぶいうなりで、たえずぶるぶると振動しつづけていた。

〈針の家〉のとなりには怪獣の格納庫があり、それは、高い壁をめぐらされ、通りがかりの人びとの目からさえぎられていた。

〈針の家〉のたっている大通りは、港に向かって急な坂道となり、その先は石の階段で終わっている。十三階からは、ドックや倉庫や起重機などの山のような重なり、かなたまでのびている繋船場や泊地に黒々と点在する汽船などが、はっきりと見える。汽船は、アメリカ、オーストラリアから、奇妙な短い名前をもつ遠いアフリカの港から、やってくる。ダカール、ラゴス、ドゥールバンなど。強い風が海から吹いてくる。風は、湿気にみちた空気を運んでくる。

そのため、ほんのちょっぴり気温が下がっても、曇りがちになり、霧が発生する。雨が多く、雨降りには十三階の下を行く群衆が、黒いこうもり傘の装甲でびっしりとおおわれる。こうもりたちは、まるで亀の子のようにゆっくりと這っていく。ぬれてつややかな背中をした黒い亀たちの流れは、すき間なくつらなり、とどまることを知らない。

市内には、銀行がたくさんあった。これらの銀行をもってすれば、たとえ、となりの銀河系への飛行のための資金でも、どんな事業の資金でも調達することができる。それに、巨大な工場がいっぱいあった。これらの工場は、たとえ、新しい太陽をつくりだし、古い太陽を消すことでも、どんな計画でも実現することができた。機械工場は、賢明なすばらしいオートメーションを機械をつくっていた。これらの機械ときたら、大臣どもをたばにしたよりもずっと分別があるという（それに第一、国民にとってはこの方が安あがりにきまっている）。金属工場は、きわめて良質の鋼鉄、高温あるいは低温圧延による薄い金属板、白いブリキや鋳鉄塊など、よく吟味され信頼のおけるもろもろの製品を放出していた。それらは、信頼がおけるという点では、改良主義的な労働組合の幹部どもをひとまとめにしたよりも、ずっとましなのだそうである。市内には、優秀なエンジニアや美しい女たちがたくさん住んでおり、かれらは、ぬけるように白い肌と煙色の目をしている（そのひとみには、さながらこの地方の空が、地上ひくくたれさがり霧や靄でみたされた灰色の空が、うつっているみたいだ)。そしてかれらは、ふさふさと柔かい赤毛をもっている。たしかに赤毛に相違ないのに、最近の流行の気まぐれのせいで、その毛は藤色にそめられたり、あるいは銀粉をふりかけられたりする。昼間は町じゅうが鋼鉄をつくり、夜になるとダンスだ。市内いたるところでダンスがはじまる。シックなホテルの屋上で踊るのは、金持の連中。半分地下の居酒屋で踊るのは、あまり金のない人たちだ。外の空地で小雨にうたれて踊るのは、一文なしの連中である。帽子もかぶらず燃えるような長い髪をひるがえす娘たち。彼女たちは、色模様のチェックのスカートをはためかす。相手の青年たちは、ビロードのズボンをはき、ジャンパーをまといベレーをかぶり、厚い底皮の粗末な靴をはいている。

すると、どこやらアスファルトの路上で、新しい小歌が生まれる。きのううたわれたかと思うと明日は忘れられてしまうような歌だが、このかげろうの歌が、まるではしかのようにひろがって、いたるところでうたわれていく。

きょうの歌は、気短で、靴のかかとをうち鳴らすみたいに忙しい歌。

切られようと

くわれようと
やっぱりおれはダンスにとんでく……

ところが明日になれば、あたかも市内の並木道でかわされる恋人たちの接吻のように、リリカルで、ゆっくりとのばしてうたうような歌が、はやりだす。

夜よ　銀色のたなごころにのせて
つめたい月のかけらを　さしだすがいい。
わたしのほしいのは　地位でも金でもない、
わたしのほしいのは　おまえのまつげ！

怪獣をつくりにかかったころ、《人間》はまだ若かった。かれは、生まれ育ったこの都市の街筋を、夜明け方までうろつくのが好きだった。港町の匂いは、かれの心をおののかせ燃えたたせ、どこかの家の角から聞こえてくる華やかな女の笑い声は、からだじゅうにひびきわたってきたものだ。いまはかれも四十歳。ひとりぼっちだ。例の怪獣が、二十年という年月をのみほしてしまった。鉄製怪獣17Pが（十七番目の試作という意味）。

《人間》の顔は青白く（かれはたまにしか外に出なかった）落ち着きはらっている。ひたいが広く、ほお骨が出っぱり、はさみで刈りそろえた栗色のあごひげをたくわえている。そのひげは、くっきりと四角くかどばったあごのまわりに、くるくるうねっていた。かれの仕事には、なんとなく秘密の匂いがつきまとっていた。町では、かれの地下室におけるできごとや、かれがこうむった危険などについて、あることないこと実にさまざまな話が、ささやきかわされていた。かれは尊敬すべき賓客として、あちこちの宴会や慈善バザーなどに招かれた。この海辺の都市の誇りである美女たちが、雪をもあざむく白い肩をあらわにして、かれの地味なネクタイの結び目を直してやり、目の玉のとびでるほど高い値段でバラの造花を買ってくれないかと、われ勝ちにすすめたりすると、この人間は、困惑というよりむしろ悲しげな表情を浮かべてほほえむのだった。かれにしてみれば、バラの造花など好きではない。かれの好きなのは、数式に子どもたち。それも、よその子どもたち、すき腹をかかえながらも元気のいい手足のよごれた子どもたち、港におりる石段で遊びたわむれ、通り道をふさいで通行人の邪魔をする子どもたちである。

かれは、よその子どもたちを愛している。かれには、自分の子はなかった。

それに、まだかれの愛しているものがあった。かれから家庭や子どもをとりあげたもの、すべてを洗いざらい奪い去ったもの、つまり鉄製怪獣17Pである。

怪獣は地下の奥底を歩くことができた。その目的で、つくりだされたのである。怪獣のからだは円筒で、それは紡錘型をなして、先のとがった巨大な頭へといつしかつながっている。その頭は、あざらしみたいにすんなりした肩の上に、ずっしりとのっかっていた。怪獣の厚い皮膚は、銅褐色で、化学者たちがさんざん失敗を重ねたあげくやっと発見した超硬質高分子結合でつくられていた。この皮膚は、胴体にしっかりとついておらず、幾重にもしわをつくってたれさがっている。深くうがたれた小さな目は、重々しいまぶたによってぴったりとふさがれていた。平べったい両の耳は、からだにぎゅうっとおしつけられ、厚い皮膚のしわのあいだにかくされていた。

怪獣は、地床を掘り返し、粉々にしながら、地中に進み、短い前足で土をうしろにかきやっては新しい進路を切りひらいて、自由自在に地底を動きまわるのである。この前肢というのが、おそろしく強力で、シャベルみたいな格好をしておもてにつきでており、鑿岩(さくがん)用のシリンダーをそなえていた。

そんなのってあるかい？　と、あなたがたはいうだろう。勘違いしてはいけない。なにしろ、物語の中ではすべてが可能なんだから。大地がいうことをきき、怪獣の前で両側にひらき、まるで泳ぐ人のうしろで水がとじ合うように、ふたたびぎゅっととじていくのだ。

怪獣の胸には、ライトがうめこまれてあった。このライトは、暗紫色の光線を送りだし、それによって振動がおこり、前方の地床に亀裂が生じて、地床がくずれおちる。これで怪獣の仕事は、かなり楽になる。もっと小さな土塊（つちくれ）は、シャベルのような四肢や切削機のような歯でしまつされる。怪獣の強力な心臓は、ちょうど人間のと同じで、一分間に六十五から七十五ぐらい鼓動する。過度な筋肉労働のさいに心臓の鼓動が増大することも、これまた人間におけるのと同じである。

怪獣は、最終試験をうけている最中だった。この一連の試験計画は、三年かかると予定されていた。この怪獣を実際に見た人は少ない。ときたま、その存在について漠然と示唆したような記事が、特定の読者のためにだされている専門雑誌に現われるくらいのものである。

怪獣が大きな短い四肢を重たげに動かしながら、格納庫から降下発進台へとゆっくりと不格好に歩いていくときのさまは、むしろ陸にあがったかばという感じだった。もっとも、その数倍の大きさだ。また、かれが前肢に頭をのっけて、制御装置のスイッチをオフにされたまま自分の檻（おり）の中で眠っているさまは、ただもう、銅褐色の皮を山のようにつみあげたという感じで、それも、石油や重油にひたしたこともなく、すっかりかたくなってしまった皮を、格納庫のガラスの天井にとどかんばかりに、やたらとつみあげたみたいだった。

《人間》は、この怪獣に人の声をだせるようにしてやった。で、怪獣は、はっきりと人間のことばを話す。もっとも、いささかゆっくりした口つきで、なんとなく変てこな金属的余韻をおびてはいたが。それに、フレーズのつくり方も正しい。むしろ、あまり正しすぎるほどだ。かれのことばには、いくらか重ったるい、なにか悲しげなきまじめさが、感じとられた。かれにはユーモアというものがない。怪獣は、余計なことばや話に入る前の前置きなど、好きではなかった。かれの返答ときたら、あまりに単純な構造なので、子どものお習字の手本の文句みたいだった。

「茶碗の中にお茶」「石けんで手を洗う」といったたぐいである。どうかすると、そのことばに、深々とした長いため息がまじることがある。《人間》の語るところによると、これは、単なる構造上の特徴からくるものであって、純粋に技術的性格のものであり、このため息になんら情緒的意味を見出す必要はないということだった。つまり、なんだかむつかしい名前の装置が、新しい空気を吸いこみ、古い空気をはきだす、ただそれだけのことなのだそうである。

2 事故

怪獣17Pの試験は、三年間にわたってつづけられた。事故は三年目におこった。極限深度沈下における方向ハンドルの試験のときである。《人間》の方は、いつもと同じように、数列のキーの並んでいる鍵板を前にして、せまい運転室に坐っていた。きわめて深いところを進むばあいでも、怪獣の進行は、軽々となめらかで、突然スピードがましたりすることはない。進路は、楽に通り抜けられる地層にあたっていた。計器類は、かすかに針を震わせながら、すべてが平常であり、しかるべく運んでいることを示していた。人間は、片足でつづけざまにペダルをおす。すると、大きな冷蔵タンクの弁がひらいて、生肉が、ひときれまたひときれと、コンベア・ベルトにのってキャビンから流れだし、怪獣のエネルギーをおぎなうための食物となっていく。

《人間》と怪獣は、すでに四十時間以上も、地下深くに潜行していた。で、両方とも、そろそろ疲労ぎみだった。《人間》の方は、習慣的になっている郷愁を感じはじめていた。つまり、かれは、太陽の光や風、顔をうつ雨のしずくなどにあこがれ、地上のもの音、子どもたちの笑いやアスファルトをすべるタイヤのそよめきなどを、聞きたかったのである。

「そろそろ帰るころだな、そう思わんかね?」と、《人間》はマイクロフォンにかがみこんで、たずねた。

振動板の中で、鋭くはじけるような特徴のある音が、ひびく。音声リレーにスイッチが入ると、いつもこういう音がする。怪獣の声も、普段と変わりのない金属的音色で、しっかりとはっきりと、ややゆっくりときこえてきた。

「試験計画は完了した。おまえのいうとおり。時間だ」

《人間》は、鍵板のキーのいくつかをたたいた。と、怪獣は、鼻を上にあげ、急角度に上昇に移り、ぐいぐいと地表に近づいていく。ぐいと上昇……もうひと息。もう一進! ところが、どうしたことだろう? 怪獣は、いままでより進みにくい地層帯につき入ったらしい。いったい、どっからこんな地層が出現したのだろう? 電光地質図によると、この辺にあるのは、やわらかい片岩(へんがん)で、ところどころに粘土がいりまじっているはずだった。ところが、怪獣のゆれ方ときたら、《人間》が自分のからだをバンドで椅子にしめつけねばならないくらいだ。

「貫入地層かな？」と、かれはたずねるようにいった。「花崗岩かな、閃緑岩かな？」

音声リレーのはじけるような音。

「斑糲岩だ」と、怪獣の声音は、相変わらず無表情だ。

ことわっておくが、怪獣は大きな踏破能力をもっており、紫外線振動の力をかりなくても、どこへでもいくことができた。それでも、絶対に避けた方がいいような超硬質の地層も、存在していた。

《人間》が白い板に黒々とかいた訓示によると、怪獣の進路を、花崗岩や斑糲岩、花崗片麻岩、磁鉄石英岩などの地層にとることは禁じられていた。

しかし、ここはたしかに、やわらかい片岩であるはずだ！　地質図がまちがっているのだろうか。

《人間》は、計器類の針をあらためにかかり、やっとのことで原因が分かった。主方向指示器という名前の計器が、どうやら二時間近く前にこわれて、不正確なとんでもない座標を示していた。その結果、かれらの進路は、予定コースからそれ、いまや山岳地帯に入ってしまっていた。かれらの頭上には、山々がそびえているのである。

怪獣は、山岳の奥底に沈みこんで、全身を震わせていた。かれは、あちこちによろめいた。そして、大量のエネルギーを消費していった。《人間》は、計器板にあらわれた赤い飢餓標示に気づいて、あわててペダルをふんだが、順番に出るはずの肉片が、コンベアにのってこない。こいつは、またどうしたことだ？　かれは、冷蔵タンクののぞき孔をのぞいてみた。その底には肉がない。タンクはからっぽである。

計器板の飢餓標示は、しだいに赤い色を濃くし、真紅から赤紫色に変じていった。それはもう、叫びだしたいくらい恐ろしい様相を呈していた。《人間》は、生肉を切るための大きな切断機の方を向くと、調理台のナイフの真下に左手をおいた。

リレーのはげしくはじける音。

「やめろ」と、金属的な声がいう。「そんなこと、するな」

《人間》は、動こうとしなかった。

「そんな必要はない」ゆっくりと区切りをつけて、リレーの声。

《人間》は手をひっこめた。

怪獣の体内で、まるでほっとしたように、ゆっくりとため息をつく音がきこえた。

怪獣は、最後の力をふりしぼって前進した。あたりのすべてが、振動し、ゆれ動き、期待を裏切るようなきしみがひびくと、リベットのはじける音が、つぎつぎときこえてきた。《人間》は、歯がうずくような勢いでもって、何度も鍵板にあごをぶつけた。のぞき窓から左右を見ても、見えるのは同じものばかり。黒々とした斑糲岩の断面、不機嫌で頑固な完全結晶の深い地層が、陰鬱な光でてり返すばかりだ。前進はきわめて遅々としていた。それで、怪獣のうがったせまいトンネルの黒っぽい壁面に、明緑色のま新しい斑点が、つぎつぎとあらわれてくるのを、《人間》は見てとった。それは、あたかも巨大なしみにそっくりで、蒸気をたてながら、見る見るうちに錆びつくように赤茶けていった。《人間》には、それがなにを意味するものか、分かってきた。つまり、怪獣の強い皮膚すら、すでに耐えられなくなってきているのだ。その皮膚には、ひびが入り、ひっかき傷ができ、そこから、怪獣の煮えたぎった緑色の血液がにじみだし、四方八方へとびちっているのである。

怪獣はあえいだり息をきらせたりしはじめた。そして、ほとんど前進しなくなった。

《人間》は、肩の上まで袖をたくしあげると、左腕を切断器のナイフの下においた。「切れ味がよけりゃいいが」と、思いがけず一瞬、そんな考えがひらめいた。

「そんなことやめろ」と、音声リレーが叫ぶ。「まだそんな……」

切断器が落ちた。《人間》は、叫び声をあげまいとして、大きなあごをぐっとひきしめる。

幸いにもナイフは、なかなか鋭かったらしい。

「ヨードチンキは薬箱の左側だ」

「分かっている」《人間》は、憎々しげに音声リレーを眺めながら、くってかかった。「教えてくれなくてもいい！」

計器類も、制御装置の黒や白のキーも、いっさいがかれの目の前でゆらめく。かれは、うめき声をたてまいとして、皮椅子の背中に、ぐったりとよりかかった。なんとか、意識を失うまいとした……

速度が、たちまちあがる。見ると、白い曳光弾のようなものが、のぞき窓を勢いよくよぎっていく。斑糲岩の中にまじっている斜長石の輝かしい結晶が、きらめいているのだ。《人間》は、衰弱やめまいにうち勝って、薬品箱に手をのばした。そのとたん、怪獣のからだがしたたかゆすぶられ、ずっしりとした計器板がゆれ落ちて、《人間》はその角にがんと頭をぶつけてしまった。

3 首相

町じゅうが、かれら、《人間》と怪獣を花束で迎えた。怪獣は、見張所から外に出て、市のビジネス・センターのまん中を行進していく。小さな北国のバラの花輪をいくつもかけられた怪獣の姿は、不格好で、いかにも歩きにくそうな図体だった。小さなバラたちは、まるで陽焼けしたように赤銅色で、凸凹の甲冑みたいな皮膚の深いしわの中に、いまにもかくれてしまいそうだ。自動車工場の労働者たちは、切りぬき文字で「怪獣をつくった人を、ぼくら、うらやむ！」とかいたプラカードをもっている。金属工場の労働者たちは、大きなアルミ製の文字をかついでおり、それらの文字は、「おれたちの金属も、怪獣の骨格に使われているぞ」という誇らしげなスローガンをあらわしていた。《人間》は、頭に包帯をまいてオープンカーにのっている。腕のない左袖は、背広のポケットにつっこんであった。かれの隣には、内閣主班すなわち首相が坐り、反対側には糊（のり）のきいた赤十字の頭巾をかぶった看護婦が坐っていた。バラの花が、造花ではなく正真正銘の生きたバラの花が、つぎつぎと車をめがけてとんできて、痛くなるほど顔にぶつかってくる。

《人間》に休養の時間をあたえた後、十日たってから、首相は、港に向かって急な下り坂をなしている大通りへやってきた。公式訪問にやってきたのである。

首相なぞというと、あなたがたは御不満でしょうね？　あなたがたはいう、「こりゃどういうわけだね？　物語には王様や女王様が出てくるはずだが」と。あなたがたは、首をふるだろう。しかし、これはただの物語じゃなくって、現代の物語なのである。女王なんてのはいっこないし、はっきりとことわっておくが、わたしには女王なんてまるで用がない。王様のかわりに首相が登場する。これはなんともいたし方あるまい。それに第一、あるすばらしい才能をもった作家が証明してみせたところによれば、王様たちの代役ぐらい、ごくありふれたキャベツ頭だって……いや、これは失言、普通の総理大臣たちでも、りっぱにつとめるんだそうである。

とにかく、やってきたのは首相なのである。怪獣の格納庫をおとずれ、深い穴のあいている広場を見学した。この穴というのは火山の噴火口に似ていた（怪獣はここから地中に入り、ここから地上に帰ってくるのである）。それから、工作室を見学した。そのあとで首相は、《人間》といっしょに十三階のかれの部屋にあがってきた。この首相というのが、チェスの名手で哲学者、神学者であり、古代語に精通し、洗練された文化人なのである。そのほおは凹み、てかてかのひたいが高く出っぱり、頭の両側はすっかりはげあがっている。手の指は、まるでピアニストのようだし、その賢明そうな目の光は、いささか倦怠の色をたたえているとはいえ、きらきらと人をさすようである。秘書や大佐殿、色とりどりに着飾った御婦人連が、かれのお供をしていた。

「実にすばらしいメカニズムだ」と、首相は椅子にもたれながら、怪獣についていった。「タバコをすっていいですかね?」

かれは、指先をちょっと動かして、お供の連中を出ていかせた。首相と《人間》と、ふたりだけが残った。

《人間》は、いつものとおりにデスクの前に坐っていた。かれのほお骨のはった大きながっしりとした顔は、品よくかたどられた首相の横顔と並べてみると、多分に素朴で平民的な感じだった。

「いいですか、怪獣を単なるメカニズムであるとか、あるいはですな、生物機構だなぞと単純に考えるべきじゃありません。むろん、論理学者たちにしてみれば、まだこれから、定式化し……意義を理解することになるでしょうが……」

《人間》は、右手でもって、短く刈ったあごひげをひっぱった。そのひげの中には、早くも、針のようなまばらなしらがが、白く光っている。

「しかし、ひとつのことだけは明らかです。つまり、怪獣はメカニズム以上のものです。なにしろかれは、苦しみや痛みを知っていますからね。おそらく苦しんだり痛みを味わったりすることのできる能力、これこそが人間を人間たらしめ、万物の霊長にしているんじゃないでしょうか？　痛みを知ったものだけが、他人の痛みを理解できるわけですからな。なにかを恐ろしいと感じるもののみが、偉業をなしとげるのですから。傷ついているものは……」

「うかがったところでは」と、首相の方はポーズを変えずに、口をきった。「あなたのお考えによると、自己犠牲の能力は万物の霊長にとってひとつの特徴だと、おっしゃるのですな。決定的特徴だと」と、首相は表現を限定した。「そうなんですね？　じゃあ、支配欲とか、生活やもろもろの事件の進行を自己に服従させようとする欲求などは、どうなんでしょうか」と、首相はいかにも聡明そうな目で《人間》を見つめた。「提起された目的のために他人を犠牲にできるという能力は、違うのでしょうか……」

ドアをノックする音。

「あとにしてくれ」首相は、声を高めずにいう。ノックは中断した。「精神的問題を論ずるには、徹底的に本気にならねばなりませんからね。知性の高みにのぼり、稀薄な高山の空気をすって、政治家どものあわれな気苦労や人民どものナイーヴな自惚(うぬぼ)れをはるか足下に見おろすすべを、しっかりと身につけねばなりませんよ」

首相は熱中しきって、元来はうつろで生彩のないかれの声までが、いまやすっかりとき放されたようにひびき、凹んだほおには、赤い血の色が燃えはじめた。

「世界は、選ばれたものの闘技場ですぞ。りっぱなものとは、なんでしょうか？　権力感を強めるもの、いわゆる道徳などという子どもじみた紐束から自由な、本当の人間の内部において、権力への意志を強化するもの、そういうものすべてですよ。いまわしいものとは、なんでしょうか？　弱さからくるものすべてですよ。どんな放蕩よりも、どんな醜悪な行いよりも危険なものとは、なんでしょうか？　力不足で生活にすっかり打ちのめされたあわれな連中に対する同情というやつですよ。大衆に対する同情ですな。こいつは、みじめったらしい原始キリスト教的なものです。（ナザレ教徒の死のばあいを見ても、分かりますよ）」

首相の薄いくちびるに、侮蔑的な笑いが動いた。

「あるいは、背徳的な平等の理論にもとづいた行動的、積極的同情というやつですな」かれの声がもののしげになる。「コムニストに見られるようなやつです。コムニズムは淘汰ということを実践的に否定していますからね。コムニズムは、死滅と腐敗のために育ったものを支持し、死の判決をうけたものたちを擁護している……」

《人間》は、からっぽの左袖を上衣のポケットにつっこむと、デスクの向こうから出てきて、窓のそばに立った。しっとりと雨が降り、目の下にはいつものとおり、こうもり傘のぬれた背中が、絶え間ない流れとなって動いている。かれの愛するいつもの光景だ。この数年間、すっかりおなじみになってしまった光景。

首相も身を起こして、かれと並んで立った。

「あなたとわたしは、群衆の上に立っています。あなたは、工学界の王。それにわたしは……」

ドアをふたたびノック。今度は、前よりも強くたたく。

「入りたまえ」

秘書が入ってくると、うやうやしく身をかがめる。口をだしていいかどうか、決しかねている様子だ。

首相は《人間》の方を向いて、話をつづけた。しかし、今度はまるでべつの声で、公式的にいささかくたびれたように語る。

「あなたは、祖国と国民のために多くのことをされた。国民は、あなたに感謝しております。あなたは怪獣創造者の称号をうけ、『キリストの燃える心臓勲章』をえられることになります。これは国家委員会の決定で、わたしは二時間前に、大いなる満足をこめてこの決定に署名してきました」首相は、はげ頭を心持ちかたむけた。「おめでとうございます！」

それから、指先をちょっと動かして、秘書に話してよろしいと合図する。

「お忘れになりませんように……科学芸術院総裁のもとでの昼食会がございます。怪獣創造者の祝賀のためでして……」秘書は、ひからびた声でのべた。

《人間》は、窓ぎわに立っていた。一面に青白い色調の空が晴れて、うすい秋の太陽の弱々しい光のたばが、斜めにさしこみ、大通りはすっかり明るくなり黄金色に輝きはじめた。家々の屋根やこうもり傘は、つややかに光を返し、まるでたったいま色をぬったばかりのような感じで、白っぽい雲を背景にあざやかにくっきりと浮かびあがった。だが、《人間》の心は暗い。まるで、水ごけにおおわれた青い水をじっとたたえ、星々さえもうつさない暗く深い井戸を、のぞき見たような気持だった。

4　見習工

八年ばかり前、まだ怪獣が組立てられたばかりで、整備が行なわれていたころ、この工作室に鍛冶工の見習がまいこんだ。ひょろりとしてそわそわした感じの子で、軽業師のように身のこなしがよく、すき腹をかかえた気軽なやつだった。かれは、罪のないおだやかな目つきで、この世界を見つめていた。たとえこの少年の目の前で、茶店のまんじゅうがひと皿ぬすまれようと、あるいは、すぐにでもたべものにかえられるような道具、つまり鍛冶工のスパナーなぞがかっぱらわれようとも、かれは落ち着きはらっていた。この少年の母親は、沖仲仕の寡婦で、子どもが五人あった。少年が一番、年上だった。かれは、大通りでだれとでも相手かまわず話をはじめるし、いかにも親しそうに運転手をからかったりする。ちょいといい女が通ると、花売り娘だろうが公爵令嬢だろうが見さかいもなく、甘いお世辞をたて板に水のようにのべたてる。おまわりが注意でもしようものなら、たちまち狼のように歯をむきだして、くってかかる。これは、父親も港湾労働者だという子どもにとっては当然のことで、港湾労働者というのは、母親の乳といっしょに、あらゆる種類のスパイやストライキ破り、おまわりなどに対する憎しみを、のみこむものなのである。

　使ってみるとこの少年には、まれに見るほど、機械仕事の素質があった。かれは機材を自由自在にあつかったし、年とった労働者たちにいわせると、一をきいて十を悟るという利口ものだった。ところが、とてつもないいたずらもので、何度も〈針の家〉からたたきだされた。それでも、すぐにもどってくる。というのは、そのたびに少年の母親がやってくるからだ。この母親は、からだの大きな荒っぽい女で、涙を流すよりは悪口雑言をいいちらす方が得意といったくちである。彼女は、大通りに面した玄関のそばで、《人間》の出てくるのを待ちかまえ、このろくでなしに思い知らせてやったし、尻の皮がひんむけるほどぶったたいたから、もう今度はおとなしくなるはずだ、いたずら小僧どころか天使みたいになるはずですと、誓ったりのべたてたりする。で、《人間》の方もにが笑いをしながら、手をふる。「まあいいだろう、天使になるというんなら……」。

　怪獣が調整され、ちゃんと格納庫におさめられると、その面倒を見るために、ふたりの博士、五人の博士候補、それに一定数の研究生、学生その他の研究者などが配置された。これらの要員を助けるために、例の鍛冶見習工も配属された。下働きの仕事である。

学者連中は、怪獣の体温、血圧などを計り、皮膚の切れはしを採集して分析にまわしたり、体内にもぐりこんで、またもやなにやらかき集めたり計ったり、要するに自分たちの学術論文の資料を勤勉に熱心に蒐集してまわる。当然のことながら、博士は科学院会員になりたがり、博士候補は博士に、研究員や学生は、博士候補になりたいというわけだ。そのあいだに少年の方は、かれ独特の調子で怪獣に近づき、怪獣の生活をできるだけきれいで住み心地のいいものにしようと、努力した。少年は、少しでもうまそうな肉の切り身をえらび、怪獣が喜んでたべるようにその切り身を、さらにこまかくきざんでやった。そして、細長い柄のついた特製のやわらかいモップで、怪獣の皮や深いしわのあいだなどを、毎日すっかり洗ってやる。最近の市内のニュースや街のできごとなどを、怪獣に話してやり、つぎつぎとかわる新しい歌をうたってやった。その歌にあわせて、町の広場や並木道では、今夜もみんながダンスを踊っている。

おまえ　スープものめないって？　どうしたんだい？
パンひときれも　ないのかい？

そんなこたァ　べつにめずらしくない。
世の中　それほど　いいもんじゃない。
世の中　はりねずみみたいなもん。
はりねずみは針で　おれたちをちくちく……

そうこうしているうちにいつのまにか、この鍛冶見習工は、ここの学者仲間のあいだで一番の古参格みたいになってきた。出発前に怪獣を調整してやるのは、この少年である。いや、この少年だけにしかできない。かれは、必要なものをすっかりととのえ、格納庫から出発孔まで怪獣を送っていく。《人間》と怪獣が帰ってくるとき、第一番に出迎えるのもかれだ。いや、かれにきまっている。そしてすぐさまかけつけて、鑿岩用シリンダーが破損していないかと、怪獣の四肢を点検し、ときたままぶたの下などにつまって、いろいろと支障をひき起こす土くれを、とりのぞいてやったりする。まるで小枝のように細くしなやかで、蚊のようにかみついてくるこの少年が、《人間》の研究室にかけこんできて、街角の新聞売り子みたいにきんきんした声で、怪獣の食事の量が違うとか、格納庫の温度が標準より一度低いとかいって、がなりたてたりすると、さすがの《人間》も、その権威に対しては一歩ゆずらざるをえなかった。

こうしたことがいろいろとありながら、この鍛冶見習工が、いぜんとして怠けもので手くせが悪く、厚かましいことに変わりはなかった。相も変わらず、港湾労働者の用いるおそろしく下品なスラングで悪口雑言をいい、職制たちに対してはあらゆる種類の悪だくみを仕掛け、年じゅう嘘ばかりついていた。《人間》は、少年のなみなみならぬ能力を認め、みずからかれに代数や三角法を教えてやりはじめたが、少年の方は、この《人間》にまでも嘘をついた。嘘をつき、あき箱をひっくり返した下にかくれたり、出入口の下のすき間に腹ばいになったりする。少年は、怪獣までもだました。いったい、かれ以外に怪獣をだますなんてやつがあるだろうか？　ところが、怪獣の方も、まるで象がぶんぶんいう蚊とんぼに頭をさしのべるみたいに、馬鹿でかい頭をかしげて、ひたいにしわをよせ、かれ独特の重々しく意味ありげな調子で「母親が病気なら、早く帰らねばいけない。帰れ！」などという。すると鍛冶見習工は、勇んでアスファルトの通りに出ていき、お金を放って占う。科学芸術院総裁の家の庭に、リンゴをぬすみにいこうか、それとも、港にいき、ロープを巻いた上あたりでひとねむりといくか。

正直なところ、こんな見習工なんかを物語に登場させることはなかったんだ。こんなわんぱく息子なんか。まったく無駄なことである！　もっとずっとりっぱな操行点をつけられる少年が、いくらでも見つかるはずだ。といっても、この見習工、べつにノックをして入れてくれと頼んできたわけでもなく、ただ勝手に入りこんできたのだ。こうなれば、なんともいたしかたがあるまい？

八年が過ぎた。いまでもかれは、《見習工》と呼ばれている。かれは、《人間》の秘蔵弟子であり、《人間》の学派にとって大きな未来を約束する学徒だった。街をうろついていた発育不全の少年はものほし竿みたいにやせてひょろ長い青年になった。なりふりかまわぬだらしない身だしなみだが、それでいて、余人にぬきんでた風貌をそなえている。おそろしく弁舌さわやかで、しばしばさすように皮肉な微笑を、よく動く大きな口のはしに浮かべる。かれときたら、背広の上衣なぞ知らん顔で、だらりとした長いジャンパーの袖をたくしあげて着ている。その袖からは、昔と同じように器用そうな長い両手が、つき出ている。シャツの襟はボタンもかけず、むろん、ノー・ネクタイだ。この《見習工》、立っているときはきまって、だらけた格好で壁によりかかっている。腰をおろすとなると、かならず机の上で、片足を折りまげ、もう片方の足を立て膝にし、その上に自分のあごをのせている。まあ、こういったポーズのまま、〈針の家〉の八階の講堂で学生相手に「温血地下活動体系を設計するさいの基本計算」というテーマで演習を指導したりする。のっぽの青年指導員は、おそろしくナイーヴな明るい目つきで学生たちを見守っている。ことさらそういう目つきになるのは、いつもながらにひどく風変わりな数式を導きだしたり、ずっしりとした古い偶像を台座からたたきおとして、粘土製のその偶像がたちまち灰燼に帰したりするときである。

《見習工》は、やはり怪獣の世話をしていた。昔と同じように、怪獣は、そのかたい金属的な声で、まるで外国人のようにはっきりと正確に、「おじさん病気ならば、きょうは早く帰らねばならない」などという。《見習工》は、ただただ破局的なおそるべき人数の親戚を、それもありとあらゆる種類の親戚をもっていると自称した。しかもその親戚がだれもかれも、突如、生命にかかわるような重病に見舞われるのである。「よい、行け」と、そのたびに怪獣は答えて、ため息をつく。おそらく、ひとりでいるとつまらないからなのだろう。それとも、このため息は、単に技術上の原因から生じるのかもしれない。すると《見習工》は、口笛を吹きながら、ズボンのポケットに両手をつっこみ、小銭をちゃらつかせながら、出ていくのだった。

いまはかれも、よその庭園のリンゴを盗んだりはしない。しかし、幾人かの父親は、(それに、うわさによると幾人かの夫も)、ドアや窓を全部ぴったりとしめねばならなくなる。さもないと、ききおぼえのある口笛が、ひっそりした庭の茂みや、露をおびたねばっこい深い木蔭からきこえてくると、かわいい小鳥はたちまち鳥籠からとびださんばかりになる。それにしても、いったい、若い娘を逃げだすすき間もないくらいしっかりととじこめるなんて、そんなことができるだろうか？　どうやらそれは、物語の中でも、とてもできそうもない。

《人間》は、《見習工》を愛していた。《人間》は、《見習工》の真価を知っていたのである。それは、目もくらむばかりに明るい、大胆不敵な小さな星であり、これからいっぱいに燃えさかり、大きな一等星になろうとしているのだ。しかし《見習工》には、落ち着きや慎重さ、堅実さといったものが欠けていた。ああ、こののっぽの青年は、なんとおぼつかない足もとをしているんだろう。それに、あらゆる種類のよろこびや遊びに対して、まったくがつがつとうらやましそうな目つきをし、実に貪欲にそれらを求めるのである。《人間》は《見習工》を、できるだけこっぴどく叱りつけた。仏頂づらをして、ことば少なく手短に叱りつけ、たまらんというふうに肩をすくめてみせる。ところが、青年がいなくなると、《人間》は、かすかに微笑すら浮かべる。若いんだから、まあ仕方があるまい、と。生まれ育った街の夜の通りを、明け方までうろつきたくなる年ごろなのだ。港の匂いが呼び招き、興奮をさそい、どこかの家の角からこぼれるような女の笑い声が、からだじゅうにしみわたってくると、なおさらのことだ……たしかに《見習工》の遊び方というのは、ぐっと感覚的で具体的性格をおびている。しかしこれは、《人間》が自分の青春の体験から出発し、自己にそくしておし計った上でのことだ。

例の事故が起きたとき、《見習工》は真っ先に、パラシュートで山岳地帯に降下し、とがった玄武岩の山々のいただきや細長くつき出た石のかたまりなどのあいだをまわって、衰弱しきった怪獣をさがし求めた。かれは、《人間》の頭を自分のひざの上にのせて、包帯をまいた。そして注意ぶかくたくみに包帯をまきながらも、とりとめのない悪口を、ひどくエネルギッシュな調子でいいつづけていた。

「畜生め……百回もいってあるのに……緊急予備があるのに。深いところにもぐりすぎちゃ、絶対にいけねえんだ！　気違いざたさ。まったくの狂水病だ！　年よりの気まぐれ野郎が！　地下にもぐるのは、おれの方がいいんだ。なんだって、あんたは、このおれを地下にいかせねえんだよ？　あんたは、むだめしくってりゃいいのさ。あんたは筋肉炎で……血管が……」

かれの唇には、いつもの皮肉な微笑はなかった。唇はゆがんで、ぶるぶると震えつづけ、涙が、本当に心の底からこみあげる涙が、つぎつぎとほおをつたわり、とがったあごをすべり落ちていく。

凱旋行進の日、《見習工》は自分で、怪獣をつれて市内を歩いた。かれは、怪獣がそれに耐えられるかどうか、ひどく心配していたのである（怪獣は、地上を長く歩くのが得意ではなかった）。そして十日後には、自分の先生や、先生の一番近しい研究協力者たちといっしょに、科学芸術院総裁の邸宅でひらかれたすばらしい午餐会に出席した。この総裁は、大の食道楽で、舶来酒の蒐集家だった。

　午餐会には、首相もやってきた。もっとも遅刻してきた。首相は、実に厳格にエレガントな服装をして、《人間》からそう遠くないところに座をしめ、ひょろ長いはげ頭をかたむけると、自分のとなりに坐っていた美人で、肌もあらわな服を着た女優と、話しはじめた。その話題は、『神聖なる春』（ストラヴィンスキイ作曲のバレー組曲）とか、初期のストラヴィンスキイの荒々しい多調性ハーモニーや凝りにこったオーケストレーションなどについてだった。女優の方は、なにがなんだかさっぱり分からないらしく、ただ職業的な笑いをたたえ、雪のように白い肩や、黒いビロードでわずかにかくされた白い胸などを、これ見よがしにつきだすのだった。

　かき料理が出たあとで、首相が立ちあがって乾盃の弁をのべた。

「選ばれた人びとのため、大地の塩のため、精神の貴族のために乾盃。第一級の人びとのために乾盃。この人びとが、第一級に位しているのは、そうなりたいと望んでいるからでなく、存在自体がそうなのである。この人びとは、第二級にはなれないのであります」

　科学芸術院総裁は、愛想のいい微笑をたたえながらも眉をあげた。こいつは驚いた！　いままで首相が、こんな露骨な発言をしたことはなかった。非公式の宴会においてさえも、そうだったのに。こいつは、かれが攻勢に転じたということだろうか？

「現代の大きな悲劇たるや」と、首相は、声を高めずに、利口そうな冷ややかな目で一座の人びとを見まわして、話をつづけた。

「現代の社会的悲劇たるや、人間の諸権利に不平等が存在するということにあるのではありません。そうではなく、諸権利の平等に対する要求が存在しているということにあるのであります。たとえば、わたしの運転手を怪獣創造者に任命するわけにはいきません。怪獣創造者として生まれつくべきであります」首相は、細くて背の高い盃をとりあげると、その細い脚を、繊細でしなやかな指でにぎりしめた。「工学分野におけるナンバーワンの人のために、他の偉大な学者たち全部を追いこした人のために乾盃……」

だれかのおせっかいな声がこれに応じた。

「それに、みんなを追いこした政界のナンバーワンのために……」

「ここには、にせものはおりませんからな」と、首相は微笑を浮かべ、盃を唇にもっていった。

「たしかにあいつは攻勢に転じたぞ」と、科学芸術院総裁は考えた。しかし、きれいにひげをそり、小ざっぱりとした肥った顔には、なんの気配も現われなかった。その顔はいぜんとして、素朴な気づかいと心配にあふれた表情をたたえていた。こういう表情は、現在の瞬間、この世で最大の関心事たるや、亀のスープの味如何だとする宴会の主人公にぴったりだった。《人間》は、頭をうつ向け、右手であごひげをひっぱりながら、首相のことばをきいていた。首相の話が終わると、かれは、ちょっとみんなよりおくれて、盃をつかみ、ぐっとシャンパンを乾した。それから、テーブルのずっとはしに目をやった。そこには、婦人たちの真っ白な肩にかくれ、首相のお伴の軍人たちのベタ金の肩章のあいだで小さくなって、《見習工》が坐っていた。かれの前には、シャンパンの入った盃が、手をつけぬままになっている。

ふたりの視線が、出会った。

「気象通報によると、わが国では南西の風が圧倒的に強いということであります。十八世紀にも十九世紀にもそうであり、二十世紀においても、やはり同じだといいます。気象通報は偽りであります！」首相の声は、おどすようにいった。「風は東から吹いているのです。すでにして五十年来、ずっとそうなのであります。危険な乾ききった風であります。革命の風です。この風は、ほこりにまみれた黒雲をもたらし、未発育の頭脳を苦しめ……、われわれがものごとを処理するのを、邪魔だてしようとします。われわれのバロメーターたるや、この東の風が吹いているあいだは、『快晴』を示すことはないのであります」そこでかれは話を結んだ。「気象通報を信じてはなりません。政治通報の方が、ずっと正確に天気を予測しております」

第一番にぱちぱちと手をたたいたのは、肌もあらわな服装の女優で、彼女は、石膏づくりの天井に美しい目をあげた。彼女につづいて、他の人びとも拍手した。この邸の主人公は、ふっくらした手の平をたたき合わせ、葡萄酒がちゃんとくばられているかどうか、見まわすのも忘れて、いかにもそのとおりといわんばかりに頭をうなずかせた。すべてが、型どおりに進んでいった。

帰り道は、ふたりだけだった。《見習工》とその師匠。ふたりは、港を見おろすようにうねうねとつづいている並木道を歩き、遠くまわり道をしていった。《人間》が、頭痛がするからまわり道をしていこうといったのである。湿気をおび、低くたれ下がった灰色の空には、戦場の煙のように巻き雲がはっている。不安な空は、町の頭上をおおい、家々の屋根の上をはいずっていた。ドックや起重機などは、下の方を、軽やかな夕霧でうすくおおわれている。まるで透明なプラスチックのレインコートの裾で、おおわれているみたいだ。港には早くも、夕べの灯がともりはじめていた。

《見習工》はネクタイをはずし、それをレインコートのポケットにつっこんだ。

少しはなれたあたりで、空がバラ色にそまっている。金属工場がいつもの熔鉱をはじめているのだ。灰色にけぶる夕雲が、あざやかに赤くそまっている。まるで、火事の空焼けのようだ。

ふたりははじめ、黙って歩いていった。やがて《人間》が口をひらき、今後もいろいろな試験や基礎的な仕事などをつづけていくために、首相が巨額な金をだしてくれるという話をした。そうすれば、上昇限度、いや正確にいうなら怪獣の下降限度を増す、つまり潜行深度をいちじるしく深くすることができる。ついでに、速度を増加するという課題も、提出されていた。

「それもいいだろう」と、《人間》はちらりと《見習工》を見ていった。かれの方は、両手をポケットにつっこみ、《人間》と並んで大股に歩いていた。

「シャンパンの一杯ぐらい、乾盃してもいいだろうよ。ま、たとえ後味の悪いシャンパンだとしてもな」

《見習工》は黙っていた。やがてあたりは暗くなり、夕暗(ゆうやみ)の中でかれの顔も、さだかに見分けられなくなった。なんだかその顔は、夕暗にぬぐいとられ、とけこんでしまったような感じだった。

「なんじらひとを審(さば)くな、審かれざらんためなり」と、《人間》は疲れたようにいった。「おのれの計る秤(はかり)にておのれも計らるべし。マタイ伝第七章第一節だ。小学校のころから憶えている。頭にしみついているんだ」

かれは立ちどまると、手すりに肘をついた。そして、上衣の襟をたてる。大きな雨のしずくが、ぽつりと落ちてきた。だが、かれの外套は車の中だ。下を見ると、真っ暗な繋船場のはしからはしへと、ぱっとあかりの線が走って、灯がともった。

《見習工》は、《人間》のからっぽの左袖に触れると、不意にいたわるようにいった。

「先生、かぜをひきますよ。そんな格好で立ってちゃいけません。ぼくのレインコートを着て下さい」

5　科学芸術院総裁

その夜、やはり《人間》は、かぜをひいたらしかった。熱が出たし、寒気がした。そして、痛みだした。なくなった左腕が、痛みだしたのである。医者は、床に入って温かく安静にするようにいった。《人間》は、ひたいにしわをよせて肩をすくめながらも、それに従った。これでかれも、自分の書斎の長椅子の上で、毛布をかぶって横になるだろう。もっとも、二時間おきに仕事の進行に関して報告させ、やれタイプライターをもってこいの、やれだれそれを呼べのと、いうにちがいない……

ある日の夕方、科学芸術院総裁が、かれの見舞いに寄った。ふたりは、昔からの親友というより、まあ友人といえばよかろう。中学校も大学もいっしょだったし、科学を刷新し、未知のものを発見して世界をあっといわせてやろうと、ともに夢を描いたものである。ふたりを結びつけたのは、ひとりの教師に対する愛情で、その教師というのは、いわば変人で自分の志を得ずして世を去った人だった。かれが中途で放棄してしまったいくつかの天才的仮説は、かれの死後、他の学者たちによって立証され完成されていった。年に一度、ふたりは、郊外にある草のおいしげった小さな墓地に出かけていき、芝生を植えこんだ土まんじゅうの前の古ぼけたベンチに、黙っていつまでも坐っていた。

総裁は、でっぷりとおしだしがよく、人のいい自信家である。かれは、ぴっちり糊(のり)のついたワイシャツの白い胸板をかすかにきしませながら、《人間》の部屋におし入り、はあはあいいながら、肘かけ椅子にどっかりと腰をおろした。

「起こして悪かったかな?」

そのとき、ちょうど《人間》は、膝の上に本をひろげたまま眠りこんでいた。夕方は、どうも眠りにくい。かれは奇妙な夢を見ていた。どこか見知らぬ森の空地である。ふたりの人間が歩いている。白いひげをはやした長いしらがの男が、先頭に立って道をきりひらいていく。ふたりが進んでいく。苦しい道だ。風が顔に吹きつけてくる。ふたりとも背嚢(はいのう)をせおい、巡礼のような杖をもち、ぼろぼろの身なりだ……

気味の悪い悩ましい夢で、はじめもおわりもなく、意味も分からない。どうして、こんな夢を見たんだろう？　きっと熱にうかされたんだ。

総裁は、テーブルの上の薬びんにさわり、そのひとつをあけて、ちょっと匂いをかいでから、まゆをしかめた。かれは、椅子や窓わくの上につんである書物や書類の方に、頭を向けた。

「ところで、きみの生活は実にひどいもんだな。最低じゃないか。なんだって、こんなに禁欲主義なんだね？　居心地よく気持よくすること、こいつはかかせないよ。これがあってこそ、仕事の能率もあがるんだ。そういえば、ぼくがお客を呼んで、庭を改造したのを披露したとき、きてなかったね？　残念だよ。そうすると、白い壁の楕円形の広間に新しいセットを入れたのも、見てないわけだね？　イギリスからとりよせたばかりで、正真正銘のチペンデール（十八世紀のイギリスの名家具師）で、十八世紀風のやつさ。きみだって指をしゃぶるようなやつさ。最近の流行の先端は、リバイバルだからな」そこで、かれははっと気づいて、「どうだね、気分は。腕は痛むかい？」

《人間》はかすかにほほえんで、気分は良好、たいへん快適だし、一本腕の生活にももうなれて、暮らし方も身についてきた、まあ石屋でもない限り、一本腕の生活もそう不便なものじゃない、と答えた。それに、右腕が残っているしな、と。

「きみに葡萄酒でももってくるように、いおうか？　きっと、なにかあると思うが」

「なにかとはおそれ入ったな」総裁は吹きだすように笑って、「タバコぐらいはすってもいいだろう？」

「いいとも」

「きみは、やっぱりすわんのかね？　非のうちどころのない生活だ。従って楽しみもないというわけだ」

ふたりのあいだでは、いつも、こういうちょっとしたいさかいが起こった。それも、総裁の方が、争いをしかけ、《人間》の方は笑いながら、だんだん黙りこんでしまうというたぐいのものだった。

怪獣のことや、最近のできごとなどについての話がはじまった。

「大成功だね……うらやましいよ」と、総裁は率直にみとめた。「わが国、最高の勲章をもらったんだからな！」

《人間》は、気まり悪そうに肩をすくめた。

「まあ、そのうちきみも無輪自動車で、もらえるようになるよ……」

「まだまださ」総裁は、自分の価値を心得ている学者らしく、媚(こ)びるようにほほえんだ。

「前途遼遠だよ。だが怪獣の方は、もうできあがってるんだからなあ」

「問題は怪獣なんかじゃないさ」と、《人間》は、膝にかけた毛布のチェック模様を見まわしながら、小さな声でいった。

「じゃ、なんだい？」

「問題は、可能性をひろげることさ」

「人間のかね？」

「まあ、そうだ。人びとの、人類のだ……」

人類は、どんどん繁殖し成長し、エネルギーをたくわえている。人類は、新しい可能性、新しい世界をかちとるべきだ。荒野や広漠たる極北の季候を変える。高い山々のいただきにも人が住む。海の底までも領有し、他の遊星に植民をはじめる……

「それに、もうひとつ貢献することがある。地下の国をつくることとさ」

総裁は手をふった。

「おとぎばなしだ！　きみは、おとぎばなしの語り手としちゃ、有名だからな」

「おとぎばなしだというんなら、それでもいいさ。おとぎばなしは、どんどん実現されていってるぜ。速足（はやあし）長靴とか、空とぶじゅうたん、ダイダロスの翼（ギリシャ神話の彫刻家ダイダロスは、蠟の翼でシチリア島に渡ったという）などを思いだしてみたまえ……いやきみ、考えてもみたまえ、大地のふところにどんな富が眠っているかを。マルサスだのマルサス主義者どもの理論体系なんぞ、まるごと消えてなくなれだ……」かれは、せきこんだ。「いや、どうもかぜをひいた……どうしても直らない。すまないけど計量カップをとってくれたまえ」かれは、薬を数滴たらして、それをのんだ。「これでよしと……」

「人類にとって新しい可能性なんぞ、必要だろうか」と、陽気な調子で総裁がたずねた。「まだ古い可能性すらも明らかにできないというのに」

総裁はよく《人間》をからかった。かれが冗談にいうところでは、《人間》の内部の怪獣を目ざますためだそうである。

「必要だとも!」《人間》は広いひたいをぐいとつきだした。「たとえば、命をのばすということを、とってみたまえ。ここに、ある男がいて、かれの年は二百五十だとする。この人は、だれにもまして頭がいい。四倍も多くのものを読み、四倍の人生を生き長らえてきた。かれは世界をどんなふうに見、どんなふうに描き、かきつづることだろう? 二百五十年も長生きすれば、そのあいだに、どんな方程式を考えだし、どんな技術思想に到達するだろうか? われわれには分からない。いまだかつて、そんな人はいなかったしね。それに、予測することもできやしない。新しい未知の意識の大陸……未発見の精神の大陸……」

「二百五十歳まで生きてみたいよ」と、総裁は目を細めてみせた。「そうすりゃ、十年ごとに離婚して、また若いのと再婚するね。まったく想像もつかん可能性さ！　二百五十年も生きてりゃ、ずいぶんうまいものもくえるだろうな……」

《人間》は、どうしたわけか突然、まるで子どもみたいに、あけっぴろげに笑いだした。

「きみは、いつまでたっても、けちん坊の焼肉野郎さ」と、かれは総裁を中学時代のあだ名で呼んだ。

「きみだって、そうじゃないか……」

ふたりの間は、だいたいうまくいっていた。このふたりときたら、おたがいにちっとも似ていないのに、それでも《人間》は、この総裁が相手だと、めったにないくらい多弁になり、自分から進んで語りかけるのだった。

「どうやら、笑ってもらえたぞ」と、ほっと息をつきながら、総裁がいった。「きみはもう、笑いを忘れちまったのかと、思っていたよ。部屋に入ってきて、きみを見ると、ほお骨は出っぱってるし、目つきは悲劇的だし。いったいこりゃ、どうしたんだい？」

「どうしたかだって？　新聞を読んでるのさ」《人間》は、チェック模様の毛布の上に雑然と放りだされた新聞紙を、右手でポンポンと示した。「やりきれんよ」

「ストライキのことかね？」

市内では、港湾労働者がストライキを起こしてから、早くも三週間になる。かれらは、賃金ひきさげに反対しているのだ。

「ストライキは、まあそれとして……ありゃ、昔からあったからね。だがきみ、ゆうべだされた首相の声明書を読んだかね？」

総裁は、まだ読んでいなかった。

「はじめは説得調だがね、途中から威圧的になる……そもそも、ストライキ一般を禁止したいのさ。一八七三年の緊急令を実施に移そうってわけだ」

「なーるほど」総裁は眉をさかだてた。「しかし、あの法律は一度も適用されたことがないじゃないか。しまいにゃ……戦時だけに実施されるということになってしまった。しかも、国力を消耗する危険な戦争の時にかぎられている。おそらくは、『祖国の危機』というスローガンといっしょでなければ、適用されまいよ」

「いまに適用したがるさ。戦争なんかなくってもね」《人間》は総裁を見つめた。「どうしてそうなるか、きみには分かっているだろう？」

「うん。ぼくは、うちで午餐会をやったときに、分かったよ……それにしても首相は、あの港湾労働者たちを、どんな工合に説得してるんだね？　どんな形でやってるのかね？」

「いや、まったく上品なものさ」《人間》は、新聞のページをばさばさと鳴らした。「ストライキの労働者たちに対する声明書の中で、首相はこんな工合にいっている。『人間は死をまぬがれない。従って、その人間が、この世で現在とことなるよりよい生活条件を得んとすることは、牢獄の門がひらかれているにもかかわらず、囚人が厚い石の壁を釘でほじくるようなもので、まったく奇妙なことである』とね」かれは、大きなあごをひきしめた。「こういうわけだよ。総裁閣下。ところが、きみは、チペンデールだなんていっている」

総裁は、ぐいとこちらに向き直った。おかげで、かれのでっぷりしたからだをのせている肘かけ椅子のバネが、苦しげにきしんだ、

「ひとつ聞いてもらおう。男同士、腹をわって話そうじゃないか。ぼくにしたって、もっと自由で正常な条件、もっとりっぱに組織された社会の中で暮らす方が、いいと思うよ。しかし、この世界ってやつは、われわれののぞみどおりにはいかない。それは、現在あるがままのものなのさ。きみは、ぼくになにをしろと命令しているのかね？　バリケードにでもいけというのかね？　そんなものは、どこにあるんだい？　手がきのビラでもはれというのかね？　そんなものを読むのは、ほんの二、三人の馬鹿ものにすぎん。ぼくは、無駄死にをしたくないからな。

ただ、それまでのことさ。じゃいったい、どうすりゃぼくが、もっと役に立てるだろうか？　科学の分野でさ。どうすりゃきみが、もっと役に立てるだろうか。それも科学さ。カイエンヌ（仏領ギアナの首都で一九四六年まで流刑地だった）では、何千というフランスの革命家たちが倒れたが、われわれは、それらの名前を憶えちゃいない。しかし、カルノー（一七五三―一八一八、フランス革命のころの政治家。哲学者）の定理は、いつまでも生きている」

「ラザール・カルノーならぼくも知っている」と、《人間》はまくらにもたれながらいう。

「無限小理論……現代解析学の基礎だ……」

「ほら見たまえ。ところで、この同じラザール・カルノーが国民公会の議員で五執政官政府（一七九五―九九年のフランスの革命政府）のメンバーであり、ルイ十六世の死刑に賛成投票をし、ナポレオンの圧政に反対したなんて、だれが憶えているかね？　そのおかげで、いったいなにが変わったというんだい？　ただ、カルノーが、その生涯の大半を流刑のうちにすごしたにすぎないじゃないか。いやまったく、こんなことなら、もっと素姓のよくない人材がやればいいのさ」

「流刑だって、そいつはひどい」《人間》はひたいをぬぐった。「そりゃ、死よりももっと恐ろしいかも知れん」

「きみは、チペンデールのことでぼくを非難するし、ほかのやつらは、庭園だとか黒い白鳥を飼っているプールなんかのことで、ぼくを非難する。たしかにぼくは、安楽なのが好きだ。しかし、ぼくがそれをやめたからって、だれがいったい楽になるっていうんだい？　この世が、ほんのちょっぴりでも良くなるっていうのかい？　人民政権でもできて、ペリクレス（紀元前四九五頃―四二九、アテネ最大の政治家）の黄金時代のようにだれもが満足する時代でも、くるというのかね？　もしそうならばぼくはこの手で白鳥の首をしめてやるよ」

《人間》は、不愉快げな薄笑いを浮かべた。

「まあ、当分は生かしてやるんだな」

「真の社会進歩、社会の前進運動は、なにによって生まれるのだろうか？　それはただ、知識の量の増大、全宇宙に関する情報の蓄積によってのみさ」と、自信たっぷりに総裁がいった。「黙々と自分の仕事をつづけ、無益なことを考えない、これこそ学者の任務だ。だから、きみの怪獣、万歳、きみがこの世界にささげたすばらしいメカニズム万歳だ……古代ローマ人のいい方をすれば、この都市と世界にささげたメカニズムさ」

ぬれた窓ガラスの向こうには、夕ぐれの町があった。なにやらネオンの色模様がついたり消えたりしていて、ここからは見えない光の反映が、家々の屋根の勾配に、雑然といりまざった縞模様をなして横たわっていた。きっと下の通りには、いつものようにこうもり傘たちが、這っていることだろう。でも、横になっていると、ここからは見えない。窓ぎわに立つと、はじめてその行列を見ることができる。

「メカニズムは、しだいに完全なものになっていく。それはたしかだ。だが、社会的諸関係のメカニズムはどうだろう……」

《人間》は、ため息をついた。

「そりゃ、ぼくらの責任じゃないのさ」と、総裁は肩をすくめた。「そいつは、政治家どもの責任だよ。ぼくらが悪いわけじゃない」

「しかし、自己を人間と感じるためにはだね」と、《人間》はいいはじめた。「完全な意味での人間と感じるには……」

「きみみたいなだんまり屋が、そんな大げさな口をきくと、まったく、百年かわらぬ生クリームさえもすっぱくなっちまうよ」と、総裁はぷりぷりした。「ある昔のりっぱな詩人の言をかりればだね、大事なのは、避けられざるを知りなば、心にそれを許すことなりとね。御影石（みかげいし）の壁に頭をぶつけても、はじまるまいて！」

《人間》は、右手の爪をかみはじめた。昔はこんな悪い癖はなかったのに。

「でも、死の宣告をうけたら？　もし、きみがどうしても……」

「そうなればもう、仕方がないさ」

「でも、もしうけたとしたら？」

総裁の顔が、ちょっとずるっぽく、しかも人のよさそうな、つかみどころのない表情になった。

「ぼくは、若くもないし、病気もちだ。知ってのとおり、痛風で二週間も三週間も、床(とこ)から起きあがれなくなる。それに、前もってはなにも知らされちゃいないんだし……ぼくのところの副総裁のやつが、ありとあらゆるいまわしい文書に、喜んで署名しているんだからね。それも、十年もたったら読むのも吐き気がするようなしろものさ。うっちゃっといてくれ」

この話題でこれ以上、話をしたくなかった。

「どうしてる、きみの娘さん！」と、《人間》はたずねた。「大学を卒業するんだろ？」

たしかに、総裁の娘は卒業が近かった。とてもいい娘だ。残念なのは、人生に対してあまりにもまじめすぎるという点だった。それに、神に対してもそうである。そもそも、閉鎖的なカソリックの寄宿女学校になんか入れたのが、悪かった。なあに、結婚すりゃ、すっかり直るさ。

「どうやら娘は、きみの研究所で働きたがってるらしいよ。大学が紹介してくると思うが」

「いいだろう」と、《人間》は答える。「ぼくは、化学部の卒業生を数人とるつもりだ。問題は、怪獣の皮革がだね……」
いきなり電灯が消えた。部屋の中が真っ暗になる。窓の向こうでひらめきふるえていた明るいネオンも、消えてしまった。総裁は窓辺に近よる。

「どうやら、この区域全体らしいな……」

「市内全体ですよ」と《見習工》がその背中でいった。蠟燭(ろうそく)をともした燭台をもってきたのである。「発電所が、一時間、電源を切ったのです。港湾労働者の要求を支持しているんですよ」

「うちに電話をかけねばならん」細心の夫であり、やさしい父親でもある総裁は、そわそわしはじめる。

「電話局も一時間、仕事を中断しましたよ。ラジオもです」

沈黙がおとずれた。

《人間》の顔は、ちろちろとゆらめく蠟燭の光に下からてらされ、くっきりとほお骨が出ばり、じっと動かない。あごひげで黒くふちどられ、ごつごつしたその顔は、まさに悲劇的マスクといった感じだった。

「きみは、首相が緊急令を用いやしないかと、考えてるね……」と、総裁はたずねたが、終わりまでいわなかった。

「そうだ。こわいよ、そうなれば」

6　ルサールカ

首相は、緊急事態を宣言して、ストライキを禁止している一八七三年の古い法律を復活した。かれは、傭兵で組織されている降下部隊を市内に入れて、街の警官も降下兵にとりかえてしまった。軍艦が港内にやってきて、その大きな砲門で港を、市内全域を狙っていた。港湾労働者労働組合は、それに屈した。陰鬱で腹だたしげな造船工たちは、飢えに疲れきったまま、仕事に出かけていった。港湾事務局は、ストの首謀者たちの探索と追及はやらないと、約束した。

あなたがたはいうだろう。「こりゃどういう物語なんだい？　至るところ政治のはなしばかりじゃないか。それに、話全体がひどく陰鬱で悲劇的だ。読むのがつらいよ」と。どうにも仕方がありません。現代の物語。二十世紀のおとぎばなしは、そうやすやすとは読めない。しかも往々にして、悲劇の物語なのである。

《人間》は、基礎的研究をつづけたが、一連の失敗が生じてきた。怪獣の潜行深度を増大することも、不成功だった。怪獣の皮膚は、荷重に耐えきれず、はじけ破れた。その裂け目からは、あざやかな緑色の熱い血がしたたり、それはたちまち変色して、赤褐色の長いしみとなってこわばりついた。血が流れだし、容易に回復しない裂け目ができれば、怪獣もかなり苦しいはずなのだが、かれは、いつもの落ち着いた金属的声で、すべての質問に答えるのだった。

「いや、痛くない。痛みを感じない。つぎの潜行よろしい」

《人間》は怪獣のまわりをうろうろし、むっつりと黙りこんで爪をかんでいる。化学者たちと相談する。耳にきこえるのはただ「高分子結合……ポリテラフトルエチレン……フェノールフォルムアルデヒド樹脂……」などということばだけである。

化学者たちのグループの中で、科学芸術院総裁の娘が、働いていた。彼女の名はルサールカ（古代スラブの伝説に出てくる水の妖精の名と同じ）といった。たしかに彼女の中には、なんとなくルサールカめいたものがひそんでいる。灰色の下げ髪は、どうやら編んであるらしいが、まるで水で洗いざらしたみたいだ。房毛は、無雑作に波うって、ほおやひたいにたれている。霧がかかっているような両のひとみは、同時にきらきらと輝き、ひかえ目な、なにやら謎めいた表情をたたえている。まるで、レオナルド・ダ・ヴィンチのマドンナの目のようだ。細いしなやかなウェスト、いかにもまだ処女らしく、発育しきっていない小さな胸などが、じみなきゅうくつそうな服にきっちりとおおわれている。たしかに彼女の中には、なにかルサールカめいたもの、妖精のようなもの、そして同時になんとなく禁欲的なものが感じられる。「人生に対してあまりにもまじめすぎる」と、《人間》は、研究室を通りぬけるとき、彼女が亜麻色の洗いざらしの髪をたらし、サーモスタットの上に身をかがめているのを見て、ふとそんなことばを思い浮かべた。逆光にすかしてみると彼女の髪の中にも、この町の女たちが誇りにしている例の危険な赤毛が、やはりきらめいていた。

ごらんのとおり、わたしも譲歩した。わたしの物語には女王様は出てこないが、それでも、プリンセスが出てくる。現代のプリンセス、化学者のプリンセスである。だが、ついでにいわしてもらうなら、彼女をこの物語にひき入れるのは、そう楽なことじゃなかった。白状すると、わたしは、ずっと長いあいだ物語のとびらをいっぱいにひらいて、ルサールカにぜひ入ってきてくれと、説得したり強要したり懇願したりしてきた。そして、無理にお願いしたのである。さあこれでどうなることか、見ようではないか。

《見習工》は、五体満足で、しかも六十歳よりも若いという新入りの女の子が研究室にきたのを知り、退屈まぎれのいんぎん無礼なむとんじゃくな態度で、彼女にいい寄るという儀式をはじめた。ルサールカの方は、にこりともせずにかれのことばを聞き、細い半円形の眉をあげると、こういった。

「ごめんなさい。わたし本気でもないのに甘ったるいこといわれるの、嫌いなんです。ただ時間の空費になるだけだわ」

《見習工》は、勝手にいい気になっているといった顔つきで、ふーむとうなる。そして、ジャンパーの袖からつき出ている長い両手が、まるでひとりでにそうなるように前にのびると、えびの鋏（はさみ）さながらに実にたくみに、両側からルサールカのくびれた腰に近づいていく。

「でも、どこからきみは現われたんだろう。ぼくの小鳥ちゃん、こんなひと、ぼくは、はじめてさ……」

「ね、いいこと。わたしの方が本気になれないのよ。ごめんなさい」

ルサールカは、かれから逃れて、いってしまう。あとに残った《見習工》は、まるで馬鹿みたいに前に両手をつきだしたままだ。

ほかにも一度《人間》は、ふたりが話しているのを耳にした。ルサールカが試験管を洗っており、《見習工》がそのまわりをうろうろしていた。彼女は、よく透る（とお）声を、ことありげに緊張させて話している。

「慈愛と和解の偉大なる宗教なのよ。善の宗教よ。これは、憎しみの宗教よりずっといいと思わない？」

「和解だって？　そいつはいい。とてもいい」と、《見習工》が、毒をふくんだ微笑を浮かべて、相づちをうった。「ただしだね、たらふくつめこんだ腹にとってだけだね」

試験管が彼女の指先からすべり落ちて、タイルの床にあたってくだけた。彼女は、息をあえがせながら、こぶしを胸におしつけていう。

「わたし、あなたが大嫌い。だい・き・らい」

「いままでにわたしに向かって《だいきらい》といった女があったっけ？」と、《人間》は考えた。「どうも、ないようだな。すべてがずっと単純だったんだ。それに……こんな烈しいやりとりもなかったなあ。第一、そもそもなにがあったんだろうか？」

「ありがとう。憎しみだって、無関心よりはましだからね」《見習工》は身をかがめて、破片を集めはじめた。

ルサールカは顔をしかめた。

「真実なんて、ひとつもありはしない。なにもかも、いつわりだわ。もったいぶってばかり。第一、その道化師みたいなぼろぼろの上衣はなによ……なんだって、みんなが着ているような普通のちゃんとした服を着ないの？　自分の特徴を失うのがこわいの？」

かれは、長い両手を床にたらし、しゃがんだままで、屈託のない明るい目をルサールカの方にあげた。

「きみは、服を買うと金がかかるってこと考えないのかなあ？　その金っていうやつ、かの魅力ある黄金のメダルを、ぼくがもってっこないだろ？　わが尊敬すべき仲間たちは、たとえそれがどんなに奇妙だろうと、まず、朝になったら朝めしを、昼には昼めし、夕暮れには晩めしをくわねばならないからね」

ふたりは《人間》のいるのに気づいて、口をつぐんでしまった。「いやあ、なんてふたりの関係は、急速に発展しているんだろう！」《人間》は、微笑をかくしながらそう思った。そして、たちまちむつかしい顔をして、《見習工》にそこまでいってきてくれと命令した。そこまでといって、どこまでだろう。急いであれをもってきてくれと、いいつけたものの、なんだったかな。要するに科学はつねに、規律と服従を要求しているのだ。

怪獣は、どういうわけか、たちまちルサールカに気づいた。怪獣は、美的感覚を理解するのだろうか？　この問題は、目下のところ解決されぬままで、いまだにその研究者が現われない。しかし、ともかく両者は仲良しになった。怪獣の皮膚の切れはしが、分析のために採集されたりすると、ルサールカはすっかり興奮した。「ほっといて！　わたしが自分でやるわ……あなたがた、どう感じるんですか？　怪獣だって痛いのよ。ほら、そこのしわの下には、傷があるでしょ」

家に帰る前、ルサールカはよく、怪獣の檻をのぞき、たとえ十分間でもかれのそばに坐ってやった。怪獣はルサールカのために歌をうたってやる。かれが生涯に憶えたたったひとつの歌で、《見習工》におそわったものである。まるであまり手入れのゆきとどいていないエレベーターが動きだすときみたいに、音声リレーが、がりがりいい、ちょっとあいまをおいてから、かたい金属的な感じのする声が、かすかに雑音をまじえながらきこえてくる。

旅に出るとき　ほほえみを……

ルサールカは、膝に肘をつき、こぶしにあごをのっけて、じっと聞いている。彼女の目の前には、しわだらけでとらえどころのない怪獣のからだが、山のように檻をいっぱいにしている。悲しげな長い歌だ。主人公は失業した。友だちはかれを裏切り、あざ笑う。恋人にも裏切られた。いまはもう、どうしたらよかろう？　そしてかれは、故郷の町をあとにし、これまで大切

にしてきたもの、これまでなれ親しんだものすべてをすてて、あてどもない旅に出る。永遠に
去っていくのだ。

あんまり背嚢につめるなよ。
一日
　二日や
　　三日じゃない――
　　　二度と帰らぬ旅だもの。
旅に出るとき　ほほえみを、
一度や
　二度や
　　三度じゃない
　　　旅は哀しくなるものさ！

いまどきだれも、こんな歌をうたっていない。もう忘れられてしまった歌だ。この歌がはや

ったのは、一年も一年半も前のことで、それもほんのしばらくのあいだだった。しかし怪獣は、流行を追ったりはしない。一度、好きになると、じっくりと腰をすえてそれに執着する。こうしたかれの性格を、考慮してやらねばならない。

冬じゅう苦労を重ねたあげく、どうやら夏になって、深度の壁を破ることができた。怪獣は、それまでの記録より千メートルも深くもぐり、しかもその深度に八時間もいながら、特に苦痛を味わわなかったのである。このときは、《人間》みずから怪獣をつれていった。かれは、自分のために一種の特殊装置をつくり、それによって左腕なしで操縦用鍵板を操作した。

休息室で《見習工》が、《人間》の真紅のコンビネーションのスナップやとめ金をはずし、ジッパーをおろしてやっているあいだ、《人間》は、きょうの行程の成果を手短に正確に話してやった。やがて、じっと《見習工》の顔をのぞきこんで、

「どうかしたのかね?」

《見習工》は、ちょっとためらってから、かれに新聞をさしだした。港湾ストライキの首謀者たちが、逮捕されたのである。八十人に対する裁判が行なわれるという。かれらを裁くのは軍事法廷だそうだ。現在かれらは、〈呪われた島々〉のうちの一島にある要塞監獄に、幽閉されている。〈呪われた島々〉というのは、昔から、特に重要な国事犯を幽閉する場所になって

いた。

「きのうの新聞だね」と、《人間》はひげをひっぱりながらいった。

「そうです」

つまり、大事な潜行試験の前にかれを興奮させまいとして、見せずにおいたというわけだ。もっとも見せたところで、《人間》の行動に変わりはなかっただろうが。

逮捕者の名前の中に、《見習工》の弟がまじっていた。《人間》がそれに気づいたのは、家に帰ってから、その名簿を読み返したときである。

労働組合協議会は、八十人の逮捕にだんこ反対すると、表明した。多数の科学者、文化人が、かれらを擁護するために手紙をかいた。これに対して首相は、学生たちや『進歩的婦人国民同盟』の平静な街頭デモを、「できるだけ武器を用いずに」追い散らすよう命じた。群衆の中から「専制を許すな」「圧制を倒せ」という叫び（明らかにこれは挑発だった）がきこえてくると、降下部隊は公園の垣根をばりばりとこわして、鋳鉄の柵でかこまれた四角い地域に群衆を押しこんだり、地下鉄に追いこんだりした。そしてつぎには、このせまい空間に押しこめられしめつけられた人びとの頭上めがけて、襲いかかったのである。

このとき《人間》は、怪獣をつれて、出発孔の底にある発進台にいた。降下技術の変更が決定され、怪獣は新しい技術の訓練をうけていた。そして《人間》は、計器の指示によって潜行角度をコントロールしていた。

いきなり音声リレーのはげしくはじけるような音が、ひろがった。怪獣は、いつもの通り、正確に抑揚のない声でいう。

「なにか悪いこと起こっている」

「いったい、なんだね？」

《人間》にはわけが分からなかった。

怪獣は、同じことばをくり返す。ただそれが、いっそうゆっくりとしたいい方で、まるで、ひとことひとこと分けていっているようだった。

「なにか。悪いこと。起こった」

「どこでだ？」

「中央広場」

怪獣の聴覚器官は、人間と比較するとずっと完全なつくりになっていた。

「中央広場。地下鉄。そうだ、地下鉄。おまえ、きこえないか？　おれ、きこえる。叫んでいる……」怪獣は、どうしたわけか顔をゆがめ、身をちぢめた。そして、かれの厚い皮膚に、わなわなと震えが走った。

「格納庫につれていってくれ。おれは格納庫にいきたい」

怪獣は、いつもは他の人たちにともなわれて行ったりきたりするのに、このときには《人間》に直接に頼んだ。「ここにいたくない」

《人間》が、自分の部屋に帰ってみると、長椅子には科学芸術院総裁が坐っていた。かれの目の下には、ぷっくりと袋ができ、口の端にはくっきりとしわが浮かび、上唇は大きな三角形をなして、下唇におおいかぶさっている。そのせいで、かれの顔はいつもの温厚さを失っていた。たしかに総裁に相違なかったが、ただ十も年をとったように思えた。

「ルサールカはどこにいるかね？」

「知らんよ」と、《人間》が答える。「きょうは見なかったな」

《人間》は《見習工》を呼んだ。

「いきましょう」と、《見習工》がいった。「彼女は、中央広場ですよ」

車はなかなか通してもらえなかった。総裁は、そのたびに議員証明書をふりまわし、すさまじい勢いで悪口をいった。すると、三角形になった上唇がますますぎゅっと下唇におしつけられ、かれの顔に冷酷で荒々しい表情をつけ加える。さすがの降下兵たちも、この有名な代表的人物が科学芸術院の制服のフロックコートに身をかため、胸に勲章やらメダルやらをぶらさげてかんかんに腹をたてているのには、啞然としたらしく、道をあけてくれた。

中央広場が近くなると、《人間》は目をつむってしまった。たくさんの死骸が、「新婚の寝室は、ぜひ当社に」という家具会社の宣伝をかいたトラックに積みこまれている。どこか上の方から銃声。見ると、鐘楼の上に猟銃をもった学生たちが、坐りこんでいる。総裁は、悪口をいいながら、広場の真ん中をつきぬけていけと、運転手に命じた。そこでは、銃弾がひゅうひゅうととびかっている。総裁は、オープンカーの上に立ちはだかって、びくともせずに車の進路を指示していた。

電信局の建物に、白地に赤で「医学生は、ここに集合！」と大書してある。応急手当をしているわけだ。

「なんてひどいありさまだ！　ああ、どうしたこった？」と、《見習工》はおじけづいた（事件の詳細は、そのときまだ発表されてなかった）。

総裁の目には、もはやなにも見えなかったらしい。かれは、前へ前へとつき進み、ときおり女性の死体につまずくと、そっとシーツの端をつまみあげてみた。

かれらは、電信局の大ホールでルサールカを見つけだした。彼女は、腹に傷をうけた老人に包帯してやっていた。

「生きてたかぁ」と、総裁は彼女の肩をつかみ、ひしと抱きしめて、なりふりかまわず号泣しはじめた。「さ、いこう。すぐにここからいこう、ええ?」

「わたし、どこへもいきません」

ルサールカは、蒼白の顔をあげる。それは、彼女の髪の毛をおさえている白い鉢巻より、まだ白かった。

「手つだって……この人を支えてやって……そんなに強くしないで」

《見習工》は、ルサールカのいうとおりにしてやった。「おお神さま!」と、老人はしゃがれ声をだして息をきらせる。

帰り道は、もう日が暮れかけていた。ルサールカは、つかまった小鳥のように車の中でじたばたした。彼女には、自分の行為が無責任に思えて、ずっと、こういいつづけた。

「これは、どういうことなの? どうしたっていうの? わたし、かれに頼むからって、お願いしたのよ。よーく聞いてちょうだい……あそこには、子どもたちがいるわ! 分かってるの、子どもよ……」

町じゅうに宣言が、はりだされていた。それは、こういうことばではじまっている。

「民主主義と自由、それは、今日のわれわれにとっては、許されざるぜいたくである」

首相は、みずから、無限の権力を握る《国家総統》を名のり、きたるべき国会選挙を中止し、現国会を解散させた。公然たる独裁の時代が、はじまったのである。

ルサールカは、父親のいいつけもきかずに、年じゅうどっかへとびだそうとする。そしていつも、まるで首でもしめるみたいに、編み毛を首にまきつけていた。彼女は、急に目をさましたように、《人間》を見つめると、かれの方に両手をさしのべ、

「わたしをつれてって……怪獣のところへ。人間といっしょじゃやっていけないわ。人間といっしょだと、わたし、こわいんです」

「わたしも、そうだ」

静かに《人間》がいった。

7 静かなる抵抗

やわらかくてもろい雪のひらが降ってきたが、人びとの足や車のタイヤにふまれて、たちまちとけてしまった。しめっぽく、ぞくぞくするほどに寒いのだが、冬のすがすがしさが感じられず、雪どけの汚臭がにおっていた。町はクリスマスイヴで、店々のショウウインドウには、きらきらと、美しい鎖に飾られた樅(もみ)の木が、涙のように樹脂をたらして、ひえびえと立ち、かたわらには、クリスマスの煖炉にくべる薪が、短く切っておいてある。そして、最新流行の肉(にっ)桂(けい)色の長靴下(こういう靴下は久しくはかれていなかった)が、きれいなビニール袋に入れられて、扇型にならべてあった。

かすかに赤く燃える太陽は、土星の環に似たとび色のけぶったような笠につつまれ、家々の屋根の上に低くかかっている。

一本腕の男が、空っぽの左袖を外套のポケットにつっこみ、ほお骨の出ばった青白い顔で通っていく。その顔の下の方は、かすがい型の黒っぽいあごひげにふちどられていた。かれは立ちどまり、ある邸宅のドア、彫刻をほどこした樫(かし)のドアを金属製の槌でたたく。そのドアには、怪獣メジューサ(ギリシャ神話の女神で、頭髪のかわりに蛇をもつ怪神)の首、果物をもった壺だとか、ふっくらした天使などが、いちめんに描かれていた。

「科学芸術院総裁は、御在宅ですか?」

「面会謝絶です。大変におからだが悪いので」

《人間》は、手帖の紙になにやらしたためて、返事を待っているといった。すると、すぐに二階に招じ入れられた。

総裁はドイツの初期ゴチック式につくられた大きな電気ストーブのそばに腰をおろし、青い綿入れ、部屋着を着て、タオルでまいた足を椅子の上にのせている。《人間》を見ると、かれはタオルをはずし、片足を床(ゆか)におろした。

「いや、ほんとうにきみなのか? ぼくはまた、だまされるんじゃないかと思ったよ……かけたまえ。みんなに死にそうだといってあるが、むろん、きみはかまわない。まだ当分そうしとくよ」かれは、指折りかぞえる。「火、水と、木曜日の午前中はね」

かれは、いぜんとしていつものとおりの総裁だった。温厚で紳士然として、いんぎんで、自分自身にもこの世にも満足しているといった態だった。

「白痴どもが！　下司野郎が！　科学芸術院の名前で手紙を送り、国家総統をほめたたえて、みんなで感謝の意を表しようとくわだててるのさ。それも、八十人の逮捕と七月の虐殺エトセトラに対して感謝するんだとさ。その上だよ、アカデミー会員に立候補するようにみんなで頼もうってんだから、傑作だよ」

「しかし、業績があるかね？」

「見つけたのさ。さんざんさがしたらしいよ。五年も前に『カソリック報知』に、ふたつの論文がのったんだ。『科学とバイブルの教理の現代的解明』という題だよ。とにかく「科学」ということばがあればいいということらしい。その手紙に署名せねばならんのだが、ぼくはごらんのとおりさ……医者が、人と話したり興奮するようなことは、いっさい禁止したってわけだ。完全隔離さ」総裁は、ずるっぽくウインクしてみせた。「副総裁が総裁になりたがっているから、まあ、かれが第一番に署名するだろうよ。勝手にやるがいいさ！　『セント・エミリオン』でものむかい？　それとも白葡萄酒といくかね？」

総裁は、小さな仕切りでいくつにも区切られているタバコの箱を、《人間》の前にだした。

「きみは、タバコをすわなかったんだっけな」

「用事があるんだ」と、《人間》はいう。

「うかがおう」

「用事っていうのは、憶えているだろうが、前にも話したことなんだ」

総裁は、顔をしかめた。

「そんなことやめるんだな。かれを牢からだしてやると、逆にきみ自身が……殉教者の冠をかぶるにきまってるさ。どういうわけか、ぼくは、ああいう頭飾りには同感できないたちでね。第一、褐色の頭には似合わないね。ええ？」

八十名にまじって、《見習工》の弟が牢に入っていた。十七歳の起重機運転手見習である。逮捕されたとき、かれは武器を用いて抵抗した。かれは、絞首刑にするといっておどされていた。

《人間》は、総裁を通じて国家総統に会わせてもらおうと思っていた。あれはまだ子どもで、べつだんなにかの運動にひきこまれていたわけではないと、釈明してやるつもりだった。

「きみはまるで、子どもみたいだな」と、総裁は首をふった。

「やつにとっちゃ、きみの同情のことばなんぞ、馬の耳に念仏さ。そんな仕事に、ぼくがかかわり合っても、はじまらんよ。しかし、もしきみが頼むというんなら……手紙をかきたまえ。それで、ことのしだいを、ことこまかにのべるんだな。きみのために面会の許可をえるってことは、とてもだめだろうが、その手紙ぐらいなら渡してやってもいいぜ。あるいは、そうじゃなくって、わが会の《数学者》に渡してもらった方が、いいかな」

総裁は、エレガントにごく自然な形で、危険で困難な仕事から逃れ、それを他人に肩がわりさせた。

「あの《数学者》は、九十歳でね、耳も目も不自由で、まあいまとなってはお飾りみたいな存在だ。相手がかれじゃ、総統も腹もたてまい。だいたいが、恩赦を乞うなどという情勢じゃないからね……」かれは、ひたいにしわを寄せ、「ここだけの話なんだが、南部じゃ不穏な状態らしいぜ。農民が、土地を占拠して、勝手に分けてるんだってさ。穀物倉庫をおし破っているそうだ」そこで総裁は、声を低めた。「暴動鎮圧の大部隊が派遣されるとかってうわさも、流れているがね。百姓の馬鹿どもも、もうさんざん町の連中には仕返ししたころだから、頭もひえてきただろう……まあ、いいだろ、手紙をかきたまえ。早くしたまえ」

「ありがとう。かくよ」

「実はね、総統はきみに対して奇妙に弱味があるんだよ。ときどききみのことをたずねる。

そして、よくこういう文句をくり返しているぜ。工学界におけるナンバーワン、政界におけるナンバーワンだとさ。かれのいうにはだね、きみはかれに幸福をもたらし、勇敢さをあたえた。総統が、ルビコン河を渡るか渡らないかを決定したのは、ちょうど……。なんだ、もういくのか？　せっかく、トルコの水煙管（みずぎせる）のコレクションを見せようと思っていたのに」

《人間》にとっては、トルコの水煙管どころじゃなかった。瀕死の病人のはずの総裁は、元気に立ちあがって、かれを送ってきた。

「ま、こんな工合にジャングル戦をやるんだね。いつも巧妙に立ちまわり、熱帯植物の下で腹ばいになったり、這いつくばったりするのさ」総裁は、大いに自分に満足していた。「静かなる抵抗さ。それでもヨーロッパが聞いてくれるし、分かってくれるさ。世界じゅうの学者たちが見てくれるぞ、ちゃんとした文書に、ぼくの署名がないってことをね」

「じゃ、静かじゃなくって、もう少し声を大にしたら？」と、《人間》はたずねた。

総裁は、港の方をさし示した。そのとき、ちょうどふたりは、中庭をなしているガラスばりの回廊を歩いていた。これ見よがしな大きな砲門は、いぜんとして町の方をにらんでいる。

「なんだって！　もう少し大きな声だって。そりゃもう、とんでもないことになるぜ。犯罪的なことだよ。国家総統は、極右の連中にとり巻かれているんだからな……」

「もっと右のやつらかね？」

「そうだとも！　そいつらときたら、今度の事件であまり血の流れなかったのがお気に召さないのだ。やつらは、左からの攻撃ということで総統をおどかし、逮捕にふみきらせているのさ。いわゆる予防拘禁というやつで、だんだん危険になっていくと思われる連中を、いっせいにとり除いているのさ。こんなときにちょっとでもはねあがった行動をしてみろ、みんなの首がとぶよ。みんなの高価な首がね。とにかく、なんとしても若い連中をおさえて、かれらにくつわをかませなくちゃならん。かれら自身のためだってことは、きみも分かっているだろう。さもなけりゃ、ぼくはなんにも責任をもてないぜ。連中が総統をハラハラさせているかぎり、狂ったミノタウロス（ギリシャ神話に出てくる半人半獣の怪物）の銅の角笛をおさえつけようなんてまねは、とてもぼくにはできないからね。若い連中や学生たちときたら、いまじゃわれわれの敵よりずっと危険な存在だ。これこそ、主要な危険だよ」

　ふたりは、エジプト式、中国式、スキタイ式、それにまだいくつかの様式の部屋部屋が並んでいるところを、ゆっくりと歩んでいった。それらの部屋には、気どった家具が並べられ、こまごました骨董がつめこまれていた。

「ここでこうして暮らしていると、敵の陣営にいる人質みたいなもんだな」と、総裁は悩ましげな顔をしてみせた。「やつらは、ぼくを失脚させたくて仕方がないのさ。しかし、ぼくはポストをすてはしないぜ。第一、やつらにいいがかりをつけるすきをあたえないからな。とにかく、総裁の椅子にすわっているのが、広い視野をもった人間で、やつらの一味じゃないってこと、こいつは非常に重要なことだ。ま、やつらにしてみれば、いくら支払ってもいいから、ぼくを追っ払いたいところだろうがね。ぼくとしたって、いくら支払っても、ふみとどまるつもりだよ、石にかじりついても……」

「いくら支払っても？」

「そうだとも。これもやはり、デモクラシーのための闘争さ。小なりとも、デモクラシーの勝利だ。そのうち、この椅子に坐っていりゃ、いいこともできるさ。あるいは、悪事に加担しないという程度かもしれんが」と、総裁はいい直した。「ぼくが死ねば、とんでもない畜生をきみらの総裁にするね……」

《人間》の顔がゆがんだ。

「ああ、かんべんしてくれたまえ。あの副総裁のやつを総裁にするってことさ。ぼくは嘘をつかんがね、あの男は、子どもの頭でさえもふみにじって、しかも、なにがくだけようと、ふり返って見ようともしない人間さ。まあ、血で顔を洗うようなときがきたら、この罪ぶかいぼくのことでも、思いだしてもらうんだな。ちょっと待てよ」
と、総裁は、《人間》の空っぽの左袖にさわり、らせん階段のいちばん上でかれをひきとどめた。その階段には、大理石の欄干がつき、ブロンズでつくった裸体のモール人たちが、照明灯の入った球をささえもっている。

「やっぱり、白葡萄酒をのもうじゃないか？　ライン産のほんものがあるんだよ……」

そして《人間》は、早くも帰り道を歩んでいく。外套の襟をたて、寒そうに肩をすくめて。同じ大通りの同じショウウインドウのかたわらをすぎて。夕暮れだったが、街灯はまだともっていなかった。霜が、まるでチョークでかいたように、細い細い木々の小枝や平行に走る電線、建物の蛇腹や窓枠などをかたどっている。灰色のざらざらした紙に描いたすばらしいデッサンのようだ。

あるショウウインドウでは、サンタクロースが赤頭巾ちゃんに、みかんの入ったかごをさしだしている。ちょっぴりルサールカに似た赤頭巾。彼女の動かぬ微笑は、いかにもおとぎばなしめいて幸福そうだ。クリスマスのおはなしが、真新しいあでやかな色彩で、まるで雑誌の表紙のようにきらめいている。しかし、じっと見ているると、サンタクロースの嘲笑は、敵意のこもった、狼のような貪欲な笑いだ。それにみかんだって紙をかためてつくったものだし、色もけばけばしい。いたるところ欺瞞にみちている。おとぎばなしの中でさえも。

「いよう、怪獣創造者！」

だれかが、小さな酒場のドアから、かれに呼びかけた。その戸口からは、ぱっと蒸気がとび出てくる。いったいだれだろう？

「いよう、二〇三号席！」

こういわれて《人間》も、相手に気づいた。それは《作家》だった。科学芸術院で、ふたりはとなり同士の席をしめている。二〇二号と二〇三号である。ふたりは、同じ日にアカデミー会員となったのだ。

《作家》先生は、帽子もかぶらず、まるでナフタリンのような雪のひらを頭につけて、大通りに首をつきだし、手をふりながら《人間》を呼びまねいていた。

《人間》は、この《作家》の本が好きだった。初期の作品は、日常生活の喜びと、子どもたちや木々、動物などに対する愛情とにつらぬかれていた。だが、もっと後の作品になると、奇妙な病的なものになってきた。それらのうちには、調和（ハーモニー）や、完全な分かちがたい存在などといったものに対する郷愁が、うかがわれた。

《作家》は、荒々しくきびしい顔つきをしていた。大きな鼻、もしゃもしゃの眉毛。興奮すると、かれの顔は小きざみに震えた。最近、かれはあまり執筆しない。うわさによると、酒ばかりのんでいるそうだ。たまにかいても、多くは歴史的研究、歴史上の偉人や変革者、真実を探求した人などの伝記である。

「こっちへ入りたまえ。酒のうちにこそ真実ありだ！　ちょっといっしょに坐るといいですぜ」

「いや、ぼくは……」

「どこかへ急いでるところですか？　土曜の夜を、よりよくすごす絶好のチャンスですよ」

《人間》は肩をすくめて酒場に入っていった。みんな、オーバーもぬがずにテーブルにつき、低い天井の下は、紫煙もうもうとしている。ビールや葡萄酒の残りが、土間にぴしゃぴしゃとこぼれる。盲目の老人が哀れっぽく悲しげにフリュートを吹いていた。テーブルのあいだを黒猫が背中をまるめ、しっぽをぴんと立てて歩きまわり、皿からソーセージの残りをたべて、熱そうに顔をしかめている。だれひとり、その猫を追うものはいない。

「なんだって、あなたはこんなところで……」

「じゃ、どこでのめというんです？　『ヨーロッパ・ホテル』にでも、ストリップや外人向きのみやげ品や、紺の燕尾服なんかのあるホテルにでも、いけというんですかね？　わたしにとって、あそこの方がいいとでも、思ってるんですか？」

「いや、そうは思いませんが」

「ここじゃ少なくとも、表現力にあふれたりっぱなことばが聞けますよ。そりゃまあ、下品なことばかもしれんが」

かれは《人間》のために、あまり清潔とはいえないコップに葡萄酒をついでくれた。銅貨ほどの大きな赤っぽいそばかすのある娘が、ぞんざいにテーブルをふくと、黒猫を肩にのせてたち去った。

「ここに坐って、ひとりでいろいろと考えているんだ。わたしは、あるひとりの人間に興味をもっていましてね……」

「国家総統ですか？」

「ブラボー！」と、《作家》はいい、くしゃくしゃの頭をふった。「いや、あなたとなら話ができるぞ。いったい、この国はどうなるんでしょうな？　この時代は？　わたしはまったく深く確信しとるんですが、現代人はこの問題に対して答えうる可能性をもっておりませんな。人間の一生というのは、あまりにも短いものでしてね。人間はどの道、蠅みたいなもので、地球の周囲をはいずりながら、いったいこの道は平らなのか、それとも球面上にあるのか、球面にあるとすればどの程度まがっているのか、どこに向かっているのかと、けんめいに見定めようとしているんですよ。歴史の進行を理解するには、距離が必要です。ま、目撃者はつねに盲目ですからね」

「やりきれないお考えですね」

「愉快な考えがお望みなら、総裁を相手にのむんですな」

「もっと明確なものが、ほしいんですよ」

《作家》は、タバコからタバコへと火を移し、神経質そうにやたらとすって、テーブルや皿やコップに灰をふりかけた。

「社会生活ってやつは、子どものかきなぐりみたいなもので、一向に判別がつかん。ま、子どものかたことより、もっとわけの分からんしろものですな。ものごとの評価をやるとか、操行点をつけるとか、そんなことをしでかすのは、山師にきまってますよ」

タバコの火が、かれの指を焼きそうになる。しかし、一向に気づかず、それをすてようともしない。

「もしわたしにですな、『国家総統とは、いったいなにものですか?』とたずねられたら、わたしはこう答えますよ。『百年もたったら、おいで下さい。二百年後ならば、なおいいですね』と。政治の分野における人間の努力ってものは、めったに所期の目的どおりにはなりませんからな。たいていは、まったく別の予期せざる結果となる。しばしば正反対の結末になるもんです……」

《作家》は、ひょろりとした小枝のいけてある花びんに、タバコのすいさしをつっこみ、新しいタバコをやたらとすいこんだ。

《人間》は、じっくりと考えをまとめようとするように、片手でひたいをぬぐった。

「もし、評価が不可能だとなると、行動も不可能ってことになりますな。つまり、人間は、行動できない運命におかれているということになる。そういうわけですね?」

「ふーむ! あなたは、なかなか正確な思考力をおもちだ。人間の歴史は、幾何の定理なんかより、むしろ印象派のカンバスに近いんですね。なにもかも、いっしょくたにぬられて、水に光が反射するようにゆれ動いているんです。ただもう、まだらな色……明るい色……」

《作家》は酔っていた。ほかのものだったら、とっくにテーブルの下にひっくり返っていたところだ。だがかれは、だいぶろれつが怪しくなってはいたが、その話の筋は通っていた。

「しかし、進歩的なものは存在しているし、それに……」

《作家》は、ふーっと息をはき、太い眉をひそめた。

「ああそうだ、あなたに進歩的なものをお目にかけよう、いかがです？　ここにふたりの人物がいる。タレイラン（フランスの政治家、ナポレオンの外相となり王制復古後、外相、首相となる）と……それにグラキュース・バブーフ（フランス革命時代の政治家、革命的思想家）です。十九世紀のフランスじゃ、卑劣な人間にはことかかなかったが、わけてもタレイラン公爵はフランスきっての卑劣な男ですよ。最たるもんですな。あなただって、そう思うでしょう？　良心も名誉心ももたない根っからの裏切りもので、売りわたさなかったものといやあ、自分の母親だけといった男ですからね。なあに、買手の方が現われなかったんですよ」

《作家》の顔がぴくぴく震えはじめた。「さすがの悪魔も地獄でかれを迎えたときには、『ありがとう、わが友タレイランよ。それにしても、きみはおれの趣味に合わせて、いささかやりすぎたね』と、いったそうです……ところで、どうです？　タレイランは進歩的人物だった。なぜなら、裏切りに裏切りを重ねつつも、同じ主人、つまり未来のブルジョアに奉仕していたからです。たしかに、かれは進歩的だった。なぜなら、現実的だったからです。自己の意志を歴史の女神に結びつけなかったからです。むしろかれは、歴史の意志を、高尚なるわが讃歌詩人にいわしむれば『美しくもきびしきクリオ（ギリシャ神話における歴史の女神）』の意志を、実現していったといえましょう。この点に関しては、マルキストたちは正しいですよ。歴史は客観的なもので、われわれの個人的意志とはかかわりなく進行している、というんですからな。化学反応と同じようなもの、あるいは、あなた方の科学の世界においては、さらにですな……」

「じゃ、バブーフは？」

と、《人間》は、支離滅裂でありながらも緊張したこの会話に興味をおぼえて、たずねた。

「グラキュース・バブーフは、どうなんです？」

「正義の士、苦行者。殉教者です。以前わたしは、かれの伝記をかこうと思いました。ツヴァイク（オーストリアの作家、評論家。マリー・アントワネットその他の史伝小説家として有名）の方法でね。まず、かれは、人類の知るかぎりでは、もっともりっぱで、人間的で、もっとも高潔な人でしょうな」《作家》の顔は、とても見るに耐えないいくらい、ぶるぶると震えていた。

「しかし、かれの平等の理想、無償のパンや土地共有の理想などは、資本主義の勝利の進撃という諸条件にあっては……ただ単に、馬鹿げた、こっけいなものだった。非現実的なものだったわけですよ。そして、結局は、反動的なものとなった。進歩的ってのはね、わたしやあなたの気に入るものとか美しくて上品に感じるものであるとは、かぎりません。進歩的ってのは、きたるべきものに近づくことですよ！　こりゃ、ひとつのパラドックスですな。悪漢が歴史をつくり、聖人が歴史の邪魔をする」かれは片手で、テーブルの上をさがしまわった。「あなた、タバコをもち合わせませんか？　おい、赤毛、『徳用タバコ』を放ってくれ！」

ずっと向こうの端にいた娘が、かれにタバコを放ってくれた。かれは、それをみごとにうけとる。

「しかし、あとになって証明されましたよ、バブーフは……」と、《人間》は口をひらいた。

「ほら、マルキストたちの誤りは、そこからはじまってるんですよ」と、《作家》は、酔った顔にずるそうな笑いを浮かべた。「かれらが認めているのは、アダムは何世紀ものあいだ目が見えず、まるでもぐらのように自分でなにをつくっているのかも知らなかった、ということなんです。アダムは、設計図をひいておきながら、それとぜんぜんべつのものをこしらえていた。しかも、設計図に忠実であると信じて、自分自身を瞞着(まんちゃく)してきた。と、まあこんなふうに、かれらは考えているんですな！　しかも、『われわれはずっとよく目が見えるから、思うとおりにつくりあげるぞ』と、つけ加えています。無邪気なもんですよ！　気のいい連中だよ。わたしゃ、やつらがかわいそうだね……いい連中さ……グラックス、グラックス兄弟（チベリウス、ガイウスのふたりの兄弟。古代ローマの政治家。ともに貧民のための政治につくしたが、暗殺された）……だのに、あの兄弟は死ぬほどぶんなぐられた。お望みならば、ぼくはきみを、ガイウス・グラックスと呼ばせてもらうね。分かるかね、このグラックス兄弟の母親ってのは……聖母様でね。ぼくだって、かきたかったよ……かきたいと思わなかったようなものをね……いい連中さ。でも、ぼくはやつらがかわいそうだね。連中がこの世の天国を建設するなんて保証が、どこにありますか？　やつらは、一生懸命やって、結局は犠牲になる……、初期のキリスト教徒たちは、平等の天国を渇望していたのに、できあがったのは中世という怪物、異教の殿堂にごみすて場です。キマイラ（獅子の頭、羊のからだ、竜の尾の怪物）のいる世界ですよ。ウー、ウー、ウーってね！　火あぶりの世界ですぞ……中には知性の王国を夢見た連中もいたが、生まれてきたのは百万長者ってわけさ。サン・ジュスト（フランス革命時代の政治家。ロベスピエールとともに最左派にぞくし、のちにかれとともに処刑された）。そう、ぼくはきみをサン・ジュストと呼ぼう、いかがです？」

《作家》は、葡萄酒のこぼれた中に両肘をつき、汚れた皿に頭をつっこんでいる。これ以上、かれになにをきいても、分からない。機能が停止したのだ。片方の肘の下から、おしつぶされたタバコの箱が半分のぞき、「徳用……」という文字が見えている。

《人間》は、地下の酒場から地上の新鮮な空気の中に出た。しばらく立ちどまって、やっと顔をのぞかせているように弱々しくきらめく星々をながめた。星たちはまるで、低い夜空の羽ぶとんにおしつぶされているような感じだった。崩壊していく人間的個性を見ているのは、気もちのいいものではなかった。それは、つねに、悲惨な思いを呼びおこす。この崩壊は、いまや、ゴチック式のストーブのある邸宅でも、かびくさいちっぽけなビヤホールでも、はじまっているのだ。

とにかく、行かねばならない……

街にはすでに灯がともっている。街は、なにごとにも知らん顔だった。女の衣類をあれこれ飾った小さなショウウインドウは、盗品をつみあげたせまい洞窟みたいだ。そして、盗賊たちがそこへ行く道を忘れて、そのままになっているみたいだった。もしかしたら、盗賊たちは「ひらけ、ごま」という呪文を、思いだせなかったのかもしれない。職業紹介所の前にひしめいている人びとの長い列は、つまらぬこそ泥や、釣の餌のようなちっぽけな蠅なんかになるのは、損で危険なことだが、大泥棒になればどんなお天気の日でも、のうのうと暮らしていられるということを、立証していた。

港におりていく通りには、つき刺すような風が、ひゅうひゅうと吹いている。いつもここは、市の中心部よりも寒かった。それぞればらばらにたてられた細長いビルディングでは、ところどころ四角い窓に、灯がともっている。風は、新聞のきれはしとか綿ぼこりのかたまり、そして港の匂いなどを、運んできた。

街角の乞食が、壁ぎわからはなれてくる。《人間》は、習慣的に右手をポケットに入れた。

ところが、その乞食は、疲れてはいるが乞食らしからざる普通の声で「いま何時ですかね？」と、たずねたものだ。どうやら、そろそろ家に帰るころだわいと、それをたしかめたかったらしい。そうなると、いまさらこの乞食にほどこしをするわけにもいかない。そして、いつも習慣となっている立場がかわったせいで、ふたりともまごついてしまった。

〈針の家〉は、工作機械のにぶいうなりで、相変わらず小きざみに震えていた。入口には、番兵が立っている。最近、国家総統の個人的命令によって、〈針の家〉と格納庫には軍隊式の守備隊が配属された。それ以外にも国家総統は、怪獣の設計図の保存をただ一部だけにかぎるように（しかも一枚一枚の図面に国璽（こくじ）と国家総統のサインを入れるように）、そして、その図面を、密閉した部屋の特殊金庫にいつも入れておくように、命令した。

自分の部屋にあがる前に、《人間》は、怪獣のところをのぞいていこうと思った。土曜の夜、クリスマスの前夜。当番がちゃんとやっているか、万事、異常ないか、点検しておかねばならない。

《人間》は、格納庫に入っていった。怪獣は、不細工な頭を肢にのせ、目にカバーをかぶせられて休息している。かたわらにはルサールカが、げんこつでほっぺたを支えて、坐っている。そして、まるで雨をすかして見るように、波をうってたれ下がっている房毛ごしに、怪獣を見つめていた。彼女の魔女のように光るひとみは、じっと考えこむように悲しげだった。《人間》は、ここでなにをしているのかと、たずねた。当番ならば、べつの男がやればいいのだ。

たしかに、べつの係りがいた。ところが、その男が、ルサールカにかわりをたのんだのである。かれは土曜の夜、パーティにいくことになっていたのだ。

「で、きみは？　きみは、土曜でもかまわんのかね？」

「かまいません。わたしは、どうでもいいんです」

彼女のほっそりしたからだは、まるで喪服のような黒い服につつまれている。そこには、もつれた亜麻色の編み毛のほか、なんの飾り気もなかった。そのすがたは、さっきまで《人間》が向かい合っていた自信たっぷりの父親の、すばらしい青いしゅすの衣服とくらべると、驚くほどのコントラストを呈している。

「きみ、どうかしたのかね？」と、《人間》は腹をたてる様子もなく、率直に落ち着いた声でたずねた。

ルサールカは、細い眉毛をあげた。

「わたし、もう信じません。神を信じませんわ」

「どんな神かね？　ひげの生えた荒野の神様かね？」

しかし、ルサールカは、まだほんの小さな女の子のころから、その神を信じてきたのだ。

「わたし、神の摂理を信じないんです。至高の力や至高の叡知を信じないんです。永遠の生命も、信じません」

「人間を信じなければならない」と、《人間》はやさしくいった。

「分かりません。わたしには、あの日以来、いっさいの信仰が崩れ去ったような気がするんです。信仰の可能性そのものがです……それに、このごろ、奇妙な考えが頭に浮かんできます。ひとつ、《見習工》とねてみようかなんて。なぜ、それがいけないんでしょう？　どの道、同じことでしょう？　そのことに、どんな意味があるんでしょうか？　それから、あのけがらわしい副総裁とねてやろうかなんて、思います。あいつったら、うちへくると、まるで猫がラードを見るみたいな目つきで、わたしを見るんです」

彼女は、わざとらしくはすっぱな身ぶりをしたが、それはむしろ、子どもっぽく見えた。

「でもやっぱり、なにかがひきとめるんです。いったいなんでしょう？」

「ひきとめるものがあるんなら……それを信じたまえ」《人間》は、かすかに微笑を浮かべながら、彼女のうつ向いた頭にそっと右手をおいた。「そうすれば、なにもかも、うまくいくさ」

国家総統との接見は、《人間》に対して許可されなかった。おそらく、科学芸術院総裁がそれほど強く頼まなかったのだろう。かれは用心ぶかく、目先がきいて、いつもすべての結末を勘定に入れるというたちだった。九十歳の数学者が、口をもぐもぐさせながら弱々しい微笑を浮かべ、ちょっとした機会を見て国家総統の手に封筒を渡したのである。

8　ルルジットとは何か

八十人の逮捕事件に関する裁判が行なわれていた。かれらは、いぜんとして、〈呪われた島々〉の要塞監獄に入れられたままで、通信も面会も許されず、外界とのあらゆる関係を絶たれたままだった。

《人間》の手紙に対する総統の返事は、長いあいだずっとこなかった。どうやら、あのとき、科学芸術院総裁がいったことは、ほんとうらしい。総統には、心配や不愉快なことがいっぱいあったのだ。南部地方では、農民戦争にそっくりの事態がくすぶり、しばしば燃えあがった。政府は、南部地方に軍隊を派遣すると公式に声明した。

やっとのことで《人間》にあてて、丁重な書面がとどいた。それは、総統の書記官のひとりがかいたもので、こうしたためてあった。

「貴書簡をうけとり、検事局に転送いたしました。検事局が必要と認めますれば……」これは、婉曲な拒絶にほかならない。つまり、これ以上は、どうすることもできないのだ。

《人間》は、その書面を黙って《見習工》に示した。第一、なんといえばよかろう？

ところがある日のこと、国家総統は、ひとりの背の高い副官に手紙をもたせて、《人間》を迎えによこした。ただちにおこし願いたいという文面である。その副官は、おせっかいな上に執念ぶかく、自分から手助けして《人間》の仕事着をぬがせ、アカデミーの制服の黒いフロックコートをさがしだし、真紅のルビーの勲章、この国の最高勲章をつけていくようにと、忠告した。そのいんぎんな態度には、ほとんど威嚇的な感じさえこもっていた。

「ぼくも、いっしょにいきます」と、《見習工》がいった。

「ばかな。なんだって、そんな？」

「いきます。ただ、外で、車の中で待っているだけでもかまいません。先生が帰られるまで待っています」

ふたりの視線が、ぶつかった。

「よかろう」《人間》はぎごちなく肩をすくめた。「きたまえ」

広場では、みんなが踊っていた。くるくるとスカートがまわり、細いかかとや厚い靴底が、鳴りひびいている。

走るよ　ぼくのボート　帆もかけず。
さあ　やれ。
ぼくをすてたよ　ぼくのあの娘（こ）が一年前。
神よ　あの娘（こ）とともにいませ。
人生　しょうがない　だめだよ　うまくない。
この野郎め！
ぼくはよくのむ　自分の金で、たまには他人の金で。
きみらの知ったことかい？
かまわないさ　ぼくのためにだれも泣かずとも。
運がよかったさ……

《人間》は、広い寒々とした応接間で、ひどく待たされた。応接間の窓と窓のあいだの壁には細長い鏡がはまり、ずらりと行列をつくっている。副官が走りよって、しきりとあやまる。

予期しなかった事情があって、国家的な用事ですので……と。総統のまわりには、あらゆる階級の軍人たち、とくに大佐や将官たちが、ぐっと多くなったようだ。至るところ、すみずみにまで降下兵がいて、「気をつけ」の姿勢をとり、片手をピストルの革ケースにおき、冷淡で無表情な顔をしている。かれらは鏡にうつって、何倍もの人数にふえ、あるいは細かく分かれたりする。まるで、かれらが何千人もいて、ねずみのように家じゅうをいっぱいにしているみたいだ。

総統が《人間》を訪問したときにくらべると、気のつかないうちになにかが変わっていた。大佐や将官たちの足音がやわらかくなり、書類をめくる音もひっそりした感じで、みんなの背中は、なんとなくうやうやしげに丸くかがんで見える。やがて、低いベルの音がひびくと、かれらはいっせいに気をつけをして、同じ方向に頭を向ける。そのとき、かれらの顔には、めくらの犬のように忠実な表情が、いっせいに浮かんだ。この表情は、これまで見かけないものだった。

「こちらにどうぞ……」

《人間》は、となりの小さな控え室につれていかれた。金の飾りのついた白い二枚のドアの向こうに、総統の声とかれの足音がきこえる。そのかれが客を送って、突然、敷居ぎわに姿をあらわした。相変わらずエレガントだが、いくぶん老いこんだ感じで、大きなはげあがったひたいが、ぐっとうしろへ広がったようだった。お客はひくく頭をさげ、あとずさりする。こちらから見えるのは、かれのかがめた背中だけだった。

総統は、軽く指先を動かして、《人間》にこちらへこいと合図した。

「家宅捜索は間に合いませんでした」と、例の副官は、顔を蒼白にし、さっきまでのいんぎん無礼な態度をがらりとかえて、報告した。

「しばらくお待ちを……」

家宅捜索だって？『共和国宮殿』の捜索だって？ こいつも初耳だった。《人間》は、さっと顔に血がのぼるのを感じた。

「もうよろしい」と、しばし間をおいてから、総統はいう。「放っておきたまえ」

背の高い副官は、仕事の上でミスをおかし、びくびくしていた。おそらく近き将来に大いに不愉快な思いをせねばならぬと、考えたに相違ない。だが、総統の方は、相変わらず指で軽く合図して一顧もあたえずにかれをしりぞけた。

総統の洗練された端正な感じの書斎は、黒灰色と薄紫色が基調となっていた。部屋には、ほとんどなにもない。床には、色も模様もない敷物がしかれ、それはどことなく、メロディーも音さえもほとんどない現代音楽を思わせた。壁には、額ぶちにはめないカンバスが数枚、より紐でぶらさげてある。クロースもかけないままのデスクの上には、黒い石でつくった奇妙な立像がおかれ、両手を折りまげ、からだをよじっている。書類など、どこにも見あたらなかった。

「よくおいでになりましたな。タバコはいかがです?」

「喫(す)いません。ありがとう」

「お仕事はいかがですか」

「相変わらずです」

(かれは、おれの仕事の調子をきくために、真夜中におれを呼んだのか)と、《人間》は考えた(実に感動するよ。古い物語に出てくる善良な王様みたいだね)

「あなたのお手紙を拝見しました。しかし、どうするわけにもいきません。わたしの上に位(くら)いするなにものかが、ありましてね」かれは、細い指のあいだにはさんだタバコで、無雑作に天井を示した。「わたしの義務というやつですよ」

かれの両眼は、ただ見ているのではなく、注意ぶかく見守っていた。だが、冷淡さや疲労の煙幕が、その両眼をおおっている。

「分かっていただきたいですな。わたしは、身勝手なまねをできないのです。たとえその身勝手が、同情から発したものであってもね」総統は、鋭い視線をさっと《人間》に走らせた。

そしてふたたび、かれの両眼は、冷淡で空虚な感じをおびる。

（なるほど、このためにかれはおれを呼んだのかな？　弁解をし謝罪するためかな？　こいつは奇妙な工合だ）《人間》は、けんめいになって推測しようとした。かれは、自分自身に用心ぶかくなった。まるで、危険で貪欲なけものと、ひとつ檻の中で向かい合った感じだ。

「いかがです、わたしの書斎はお気に召しますかね？　わたしの絵はどうですか？」

「絵のことは、よく分かりません」

「かまいません。芸術とは、われわれの《自我》をひろげてくれるものですからね。われわれを神や自然に近づけてくれるもの、ともいえましょう。ところが、現代の画家ときたら、自然をうつすかわりに、移りやすい諸現象の力強い奔流として、宇宙を描こうとやっきになっています。そのくせ、われわれに分かるような明確な形式を、いまだに生みだせずにいるんですよ……」

「工学者としてわたしも不安なのですが、ちょうどわたしも、この明確な完結した形式という問題をかかえていましてね」と、《人間》は、かすかにほほえんでいった。「しかし、むろん、それぞれの人間には、各自の世界観があるし、それを擁護する権利もあるわけです」

（現代芸術に関する講義。ときは夜半すぎ。ところは国家総統の書斎。こんな話を信じるやつが、あるだろうか？）緊張は、しだいにたかまっていく。

「工学者として……工学者としてか」総統は、ふたたび、奇妙な裸のデスクのうしろに腰をおろした。「ついでにうかがいたいがルルジットとは、いったいなんですか？」

質問は、軽くやんわりとだされた。

さあ、いよいよ本題がはじまったぞ。こいつがくせものなんだ。（用心しろ）と、心中の声が《人間》に警告した。（注意しろよ。ひとことひとことに、よく気をつけろ）かれには、問題がなにか、まだよく分からなかった。しかし、全身で準備をととのえた。

ルルジット。この一年間《人間》がその発明に力をそそいできた爆発物は、そう名づけられていた。このアイデアは、怪獣が山岳地層をやっとのことで通りぬけ、あやうく死にそうになったあのとき以来、かれの頭の中に育ってきたものである。《人間》は、こう決定した。予期せざる困難な事態にそなえて、怪獣はかならず、大きな破壊力をもつ予備の爆発物を携行すべきである、と。ルルジットの開発は、まだ実験の段階だった。新聞雑誌でも、ひとこともふれていなかった。

「ありがとう」と、《人間》の説明をきき終わると国家総統はいった。「ひとつ教えていただきたいが、現在までにつくられたルルジットは、どこに貯蔵されていますか？　そこに入れるのは、だれですか？」かれの目からは、退屈そうで冷淡な色は、すでに消え去っていた。「どういう手続きで、そこからもちだせますか？」

ルルジットの存在について知っているのは、ほんの数人だった。ルルジットに近づくことのできるのは、わずかにふたり。《人間》自身と《見習工》だけである。

《人間》は口をひらいた。

「ルルジットに近づけるのは、わたしひとりだけです」

総統は、裸のデスクに両肘をついた。そのデスクは、屠った動物や人間の死体を処理するのに、ぴったりといった感じである。

「たしかですね？」

「そうです」

「ほかにはだれもいませんね？　よく考えて下さいよ」総統は、上品で丁重だった。「わたしは、こうして待ってますからね」

《人間》は、うしろに立っている将軍たちや、細長い鏡の面の中で、つぎつぎと生まれ繁殖していく降下兵たちのことなどを、ちらりと思い浮かべた。

なんとむずかしい決闘だろう！　まったく、くたくたになりそうだ……（自分の身を守れよ）と、内心の声。（自分のからだを大事にしろ。ほんとうにおまえには、なにもかかわりのないことだ。おまえは、なにも知っちゃいないんだから）

「そこへ入れるのは、わたしひとりです」

「じゃ、ルルジットが紛失したと思われるようなことがあっても、入れるのはあなただけというわけですか？」

「おお」と、《人間》は、ほっとしたような声でいった（もしかすると、いささかほっとしすぎたような声だったかもしれない）。「ルルジットを計り直したとき、重量不足のことが二回ありました。その部屋の鍵が数日間こわれたままだったことがあるので、その間、もしかすると……」

「なんだって、盗まれたことをとどけなかったんです？　しかも、二回目にも、どうしてそんなに強力な爆発物を、しっかり封印のしてある場所におさめておかないんですか？」

「わたしは、どうも、それほど重大に考えませんで……あまりためらいもせずに……」

しばし沈黙。総統は、黒くなめらかに光っている小さな像を、指の中でくるくるとまわしていた。その像は、拷問にかけられてでもいるかのようにぎゅっと身を折りまげ、まるで痛みにちぢみあがっているような格好だった。やがて総統は、ぱんとその像を元の場所においた。

「科学にたずさわる方々は、うらやましいですよ。なんにも目もくれず、いやしむべき散文的なものごとを、気にする必要もないんだから」

と、かれは微笑を浮かべ、非難するように頭をふった。やっと切りぬけたぞ、と《人間》は思った。

「もし、われわれ政治家が、大きな爆破力という考えに対して、あなたがたのように無頓着で軽率な態度をとったとすると、まずこのヨーロッパは、とっくの昔にふっとんでいたことでしょうな。そうすれば、あなただって、この書斎でわたしを相手にのんびり、話なぞしてられなかったところですな。さいわいなことに、わが国では、危険な発案に対しては鍵をかけ、その鍵も、つねに修理ずみでしてね」

総統は、いかにも親しげに、ほとんど心を許した相手とでもいわんばかりに、《人間》の腕をとり、壁にかかった絵の方につれていった。

「わたしは、もう一度あなたに、ルシアン・フロイトのこのエチュードを見ていただきたい。有名な心理学者の孫ですがな。わたしの思うに、かれは、プリミチヴィストのナイーヴな態度と、シュールレアリストに特有な、ファンタスチックで幻想的で繊細な感情とを、統一しています。同時にかれは、ドイツ印象派、いわゆるディクス（現代ドイツの画家。第一次大戦に従軍。その作品は戦争への嫌悪や、農民、市民の生活を主題とする。グロースとともに新即物主義をとなえる）や若きグロース（ディクスの弟子。第一次大戦後の社会に抵抗する題材を描き、新即物主義の方向をとる）の『新即物主義』に、近づいていています……」

書斎の入口で《人間》と別れるとき、総統はかれの手を握り、いかにも強調するように、あらたまった重大そうな様子で口をひらいた。

「わたしは、あなたを失いたくないんですよ。あなたは、わたしに必要なんです。このことを忘れないでください」

そこでかれは、公式の称号で《人間》を呼んだ。

「忘れないで下さいよ、怪獣創造者さん。しかし、わたしのそばにとどまることのできるのは、脇道にそれないでわたしと同じように考えたり、行動する人びとに、かぎられています。いまに、わたしが異端を我慢できないようなとき、かりに我慢しようと思っても、できないようなときが、やってきますよ。それが、どんな異端であれね！　そうなれば、いかなる功績も天分も、助けにはなりませんぞ」

総統は、無雑作に指を動かして、かれのうしろにかかっているカンバスを指し示した。そこには、紺青の幹に大きな黄金の梨の実をつけた樹木に似たものが、描かれてあった。

「病気にかかった枝は、たとえ果実をいっぱいつけていても、容赦なく切りとられるのです。その枝の病気が、樹木全体にうつるかもしれませんからな……」

そして、黄金の飾りをつけた白い観音びらきのドアが、しまった。

これは警告だ。そうなのだ。きわめて明白である。なに、勝手に警告させておくさ。

小さな玄関ホールでは、早くも新任の副官が待っていた。前任者とそっくりで、やはり背が高くて美男子で、いんぎん無礼な態度だった。いったい、免職になったり役に立たなくなった副官たちは、どこにやられるんだろう?

その副官が細い廊下を通って《人間》をつれていった場所は、壁に鏡のはまった大広間ではなく、どこやらまるでべつの部屋だった。半円形の安楽椅子の上に、アカデミー総裁が、この場にふさわしくない陽気な感じの花輪をかかえて、居眠りしている。総裁は、ぱっとはね起きた。

「きみか? とうとうやってきたな。くるだろうと思ってたよ……ぼくも、ちょくちょく呼びだされるんだ。情報をよこせっていうんでな……なに、大したことはないさ、でたらめばかりいってやるんだ」

副官が直立不動で立っている。

「どうだい、話し合いは面白かったかね？　前途有望だったかい！　あの人は、実にスケールの大きな人物だ。科学のことだって、ぼくらよりもずっと先を見こしている。かれの強力な意志、巨大な組織力……」

副官がだれかに呼ばれ、しばらくその場をあけた。

「ところで、なにをきかれた？……」

「ルルジットのことだ」

「ふーむ。分かったぞ」

「ぼくには、さっぱり分からんよ」

副官がもどってきて、ふたりを階下の玄関に案内した。《見習工》が、玄関の壁にもたれて、年とったクローク係と、人生の意義だとか、ベーコンの値段などについて、語り合っている。

総裁は、ふーふーと苦しそうに息をつきながら、ビーバーの襟皮のついているずっしりとした毛皮外套を着こんだ。三人は、大型の敷石で舗装し、周囲をひっそりと厚い壁でかこまれた邸内を歩いて、車の方へいく。

「きみの弟は、どうにもならんよ」と、歩きながら、《人間》は《見習工》にいう。「総統は、話を聞こうともしないんだ」

「なんだ、きみは知らんのか?」と、総裁は大きな声をだした。「〈呪われた島々〉の要塞監獄は爆破され、囚人たちが脱走したんだ。どうやら、舟が待機していたらしい。そして、この爆破にルルジットが用いられたと、見られているのさ」

《見習工》が、さらにこういった。

「きょうの夕刊に出ていますよ。すっかりかいてあるけど、むろん、ルルジットのことは、のってません」

なるほど、そういうわけだったのか……

《人間》は、《見習工》と並んで車に坐った。かれは突如として、ぐったりするようなひどい疲労感におそわれた。車内灯はともしていない。総裁の豪華な車が、前を走っていく。その中では、音楽が低くひびいていた。

「きみをひっぱたいてやりたいよ」と、《人間》はおし殺した声でいう。「いらくさでひっぱたいてやりたい」

バックミラーには、霧におおわれた港の色とりどりの灯が、ちらちらとうつっている。

《見習工》は、あごにすれすれになるくらいに両膝をおりまげて、それを両手でかかえていた。かれは、かすかに唇を動かし、やっときこえるような声でいう。

「勝てば、裁判なんかされませんよ」

「なんだと?」《人間》は、いかにも疲れたというように頭をふった。「まだ、なんにも終わっちゃいないんだぞ。これから、ルルジットの捜索がはじまろうってのに……」

車が、ちょうど角をまがろうとした。きっとそのためだろうが、《見習工》の肩が《人間》の肩とかれの空っぽの袖とに、軽くさわった。

「ご安心なさい、もし先生にわざわいが及ぶようなことになれば……」

「馬鹿もの! きみたちはみんな、しょうのない馬鹿どもだ!」と、《人間》は大声でいった。「そのことで、おれはきょう呼ばれたんだぞ。問題はそれだったんだ……畜生め! しょうがない、タバコを一本くれ。せめて、タバコでもすわなけりゃ」

9　卑劣への転換

　全市がライラックの中に沈んでしまった。今年の春は、温かい雨がはげしく降り、太陽が早くから、じわじわと輝きをまし、大地は肥え、ぽろぽろした豊かな実り多い土壌となった。その土の中を、丸々とふとった幼虫たちがはいまわり、木や草の根は、生命の果汁をのみながら、すくすくと自由に育っていった。古老たちにも、こんなにたくさん豪華にライラックが花咲いたときの記憶は、残っていなかった。白や、まるで小学生のノートの吸取紙のように白っぽい薄紫色のライラック、こぼれたインクのように濃いすみれ色、赤っぽいのや葡萄酒色のライラック。茂みによっては、まるで葉が見えないところもある。雨が降ると、町を走る濁った水の上を、手折られた大きなライラックの枝が、流れていく。小さな星のように散ったライラックの花たちは、ぬれて黒く光る歩道や、すべりやすい砂利道などを、まだらにいろどっている。

低い灰色の空が明るくなり、天気が晴れあがると、ライラックの灌木のむれや、花のたばがいたるところの中庭や庭園からころげだし、木々の枝々のあいだから、ぱっと姿を現わして、道行く人びとの顔にふりかかる。町じゅうライラックの香りにみたされる。この香りは、ベンジンや暖められたアスファルトの匂いまでも、消し去ってしまう。

ここのところずっと《人間》は憂鬱な気分だった。これほど自然は、はげしく移り変わり、こんなにすばらしく花咲いているのに、かれにとっては、勝利感や歓喜にあふれたもの、いや、烈しいものさえも、縁がなかったのである。死人は黙って眠らしておけばいい。囚人は、なにも見えない石の独房の中で、悩み疲れるがいい、どのみち、いっさいのものごとは、それぞれに進行していくのだ。春がやってくる。蒸気にむされた黒い土が、息づいている。仮借なく無慈悲にライラックが花咲いている。

その朝、ルサールカは、白い服を着て出勤してきた。かすかにバラ色に陽焼けしている細い腕や首をあらわにして。

「若いものたちは、心の傷のいえるのも早いな」と、《人間》は、ちょうどそのとき車にのって出かけようとしながら、悲しげにそう考えた。

むろん、そう思ったのは、かれの誤りであった。

それは、生活がつづいているにすぎなかったのである。要するに、ルサールカが二十三歳になったのだ。要するに、白い服を洋服ダンスのハンガーにかけっぱなしにしておくには、あきあきしたたし、たまには、しわもつけなければならなかったのだ。

深い精神的痛手の傷痕は、なかなか直るものではないし、しばしば、永遠に消え去らぬものである。しかし、そういう傷痕は、袖のない服や、大きく切りこみのある服を着てさえも、見えないものなのだ。

ルサールカは、手のひらをかざして、走り去る車を見送っていた。もちろん彼女は、これが《人間》の見おさめだなどとは、考えてもみなかった。かりにだれかが、彼女にそういったとしても、彼女はきっと、笑いだしたに相違ない。

「こんなに早く、どこへいくのかしら？」

「アカデミーにですよ。会議だそうです」

帽子の徽章にライラックの小枝をさした運転手は、気のいいまぬけな男で、世話ずきだった。かれは、その朝、自分自身にもお天気にも満足して、いい気持だった。そして、なにか面白い話題はないものかと、思っていた。

「きのうの新聞、お読みになりましたか？　女の人が、頭のふたつある子どもを生んだそうですよ。その子はどうなるんですかね。科学の資料にでもなるんでしょうか？　あるいは、市民に見せることにでもなるんですかね？　ところで勘定の方はどうなるのかな。その子はひとりと数えるのか、それとも、こういっちゃなんだが、ふたりなんですかねえ？　それに、名前はどうなるのかな。ひとつしかつけないのか？　それとも、いわゆる二重名前にでもして、ハイフンで結ぶか？　戸籍の方は、どうするか……」

シャム双生児に関する記事は、色ずりの厚ぼったい日曜日の新聞の第一面に、大きな太文字で写真入りでのっていた。そして、どこやら十八面あたりに、南部地方の最近のニュースがのっている。南部では懲治大隊が、村という村を焼きはらっているという。女も子どもも老人も、だれもかれもがつぎつぎと殺されていく。積極分子は、腹をひきさかれ、それに土をふりかけられるのだそうだ。おまえら、他人の土地を欲しがっていたのだから、さあやるぞ、くらいやがれ……というわけだ。

新しいアカデミー員の選出は、いつも〈式典の間〉で行なわれることになっていた。科学芸術院が創設された第一日目から、そうきめられていた。

ここアカデミーを支配しているのは、伝統の女神である。ここには、金めっきの細いまがりくねった脚のついている椅子が、昔からずっとおいてある。それらの椅子に張ってある布は、いつもすりきれて、色のはげたままだった。ほんのたまにしか、布をとりかえようとしないのである。そこには、ゴブラン織のじゅうたんがしかれ、その絵模様は、はっきりとは分からないが、牧歌的な物語を描いていた。うす黒い、ほとんど黒くなった色彩の等身大の肖像画が、並んでいる。アカデミー創設者たち、『最初の十六人の肖像画』だ。まるで重い病気にかかったあとのように外皮がむけ、黒ずみ斑点だらけになった古い鏡。そんな鏡なぞ、とてものぞけたものではない。シャンデリアには、ちゃんと蠟燭が立ててある。もう百年もともしたことがないというのに、それらのかたわらに、相変わらず、もえがらを除くためのピンセットが、ちゃんとそろえられてあった。

アカデミー会員たちは、この荘重な集会に、あまり気が進まぬようにゆっくりと集まってきた。この日、かれらは伝統にのっとって、アカデミーの礼装のフロックコートではなく、『偉大な十六人』の創設者たちがアカデミー総会にのぞんだときと、同じような服装をしていた。暗い色調の長い毛が、低く肩にたれさがっているかつら。きちんと編んだ巻毛で大きなカールをいくつもこしらえたかつら。ぬれ羽色の鋼鉄でつくった黒い甲冑。それは、ときおり青く輝いている。そして、レースの高い襟飾り。

集まったほとんどの人びとは、いつもと変わらず、そわそわと用事ありげな顔つきで、それは、レースや鋼鉄、さやにおさまった礼装用の短剣、まるでもしゃもしゃないかにも芝居がかった巻髪などと、奇妙なコントラストをなしていた。ある人たち、とりわけ、でっぷりふとった老人たちは、まったく滑稽に見えた。かれらのうちには、英雄的なもの、ロマンチックなものは、ひとつもなかったのである。

こういういでたちで、あたかも過去の人影のごとく、秩序整然たる古きロマンの幻影のごとく、この国きっての学者たちは、ただ広いロビーを行きつもどりつしていた。そして、ひそひそと語り合ったり、自分の甲冑のなる音に、いささかばつの悪い思いをしたりしていた。表では、最新式の超現代的乗用車が、つぎつぎとエンジンをひびかせて走り去っていく。

《人間》は、もう少しで時間におくれるところだった。このとんでもないかつらというしろものを、さがしていたのである。しらべてみると、かつらの巻髪の中にしらみがわいたというので、《見習工》が母親のところへもっていったままだと、判明した。必ず手にもたなければならないということになっている手袋や笏(しゃく)が、やっとのことで見つかるというしまつだ。

広々した入口の階段のところで、天文学者が《人間》に追いついて、たずねかけた。

「こりゃ、あいつをアカデミー会員に選ぼうということですかね？」と、かれは、やりきれんというふうに両手をふった。天文学者は年よりだ。ほとんどかれの愛している星ぼしになんなんとするほど、年よりである。かすかな雲のように白い、まばらな毛でおおわれたかれの頭が、やせ細った首の上で震えおののいていた。「なんてこった……政治ってやつは。いつだってけがらわしい。シーザーの昔から今日まで、ずっとそうだ。昔もこれからも、変わりないさ。自分の番がきたら『イエス』をいい、口の中があんまり気持が悪かったら、ぱっとつばをはいて、星の観測にもどるとするさ」それから天文学者は、『髪の毛座』（「ヴェレニケの髪の毛」と名づけられている、乙女座星雲の原にある小さな星座）の中にあるひとつの小さな星の不作法な習慣について、夢中になって語りはじめた。その星が気まぐれもので、きめられている進路からともすると離れたがるというのである。かれの話しぶりは、いかにも善良かつ賢明で、寛容そのものといった感じだった。それはちょうど、生涯にいろいろな経験をしてきた一座の座長が、若いバレリーナにありがちな間違いについて、あれこれ語るといった態度だった。

《人間》はロビーに入り、肩をけいれんさせながら、壁の方を向いて立っていた。かれは、この馬鹿げた棒切れを手に握っていることで、いらいらしていた。それに、長い毛をさげたかつらの両わきが、まるで犬の耳みたいにぶらぶらしている。かれは、こんな無意味で無益なものが嫌いだった。

哲学者がとなりにきた。おしだしのりっぱな、ひとを見くだすような男で、いかにも皮肉っぽく片目を細めて見せる。かれは若いときから、リベラリズムを口にしてきて、『人民陛下』と題する左翼的な書物まであらわしている。現在では、自分はなにものにも属さないと称して、『われひとり行く』という本を出版した。

「かれはすでに、ずいぶんたくさん称号をもっていますからな。国家総統、共和国陸海軍総司令官。教会の首長。おまけにアカデミー会員になろうというんですからね」

「そうですね」

と、《人間》は、きわめてあいまいな口調で答えた。

「ま、あなたやわたしは、むろん、こういう茶番のなんたるかを、ちゃんと心得ています。荘厳ぶった仮面舞踏会ですよ。てん皮だの緋の衣（ころも）なぞひきずってね」

かれは、尊大そうに唇をゆがめた。

「わたしがエジプトを旅行したときの話ですがな、ある古代墳墓には、大笑いさせられましたよ。それは、古代エジプトの高官の墓なんですが、その高官は、ファラオ（古代エジプトの国王）がかれの頭に足をかけてくれたというんで、幸福のあまり死んでしまったそうですよ。ところが、かんじんのファラオの名前は、この話以外には、どこにも出てこない。つまり、この話が唯一の記録というわけです。学者たちでさえも、このファラオの名前の正しい発音が分からないというしまつだ。どうです、滑稽でしょう?」

《人間》は、頑として口をつぐんでいた。かれにとっては、この哲学者を信用できない理由があったのだ。

「しかし、あの人は強大な人物ですな。この事実を抹殺するわけにはいきませんよ。それに、強い力はつねに、他のものをひきつけ、服従させますからね。なんといっても、力をもつ人には、普通とは違った要求がありますし、そういう人物には、多くのことが許されるわけです」

最近、大学で起こった学生や教師たちの逮捕には、うわさによると、この哲学者が関連していたということだ。

かたわらを物理学者が、ライオンのように美々しく飾りたてた頭をうつむけ、目もあげずに通りすぎていく。かれは、恥ずかしかったのだ。

もうずっと前、去年の七月、市内で騒動が起きた直後のことだが、かれは《人間》にこういったものである。「それこそ、子どもででもなけりゃ、こんな汚らわしいことを、とても我慢できるものか、いっそ立ちあがって……」

この物理学者には、年子（としご）の息子が四人あった。みんな、とても頭がよく、才能もあるりっぱな息子たちで、前途有為な若ものたちだった。この息子たちの存在が、物理学者の生活に、大きな意味をもっていたのである。

大理石のテーブルの上には、きょう選出されることになっている人の労作が、くばられていた。その人の神学的論文のプリントで、それは、優雅に黒いモロッコ皮で装幀されていた。《人間》は、笏を小脇にはさみ、書物というより、むしろノートに近いほどうすっぺらな論文を手にとって、それをひらいた。

「一部の人びとが考えているように、科学はバイブルを否定してはいない。人類は、もはや成長したのであるから、聖書のテキストの読み方を変えるべきで、十字軍時代の人びとのように逐字的にナイーヴに聖書を理解すべきでなく、比喩的に寓意的に解釈すべきである。たとえ聖書に神が六日にして宇宙を創造したとのべられてあっても、率直にいって、この六日間を、一時代を十億年とする六時代と理解して、不都合があるだろうか？　アダムとイヴの創造の伝説も、やはりシンボリカルなものとしての再考察を、必要としている。アダムとイヴ以前、この地上にはおそらく、まだ、神によって魂を吹きこまれていない類人猿が、生存していたのであろう。したがって、神による最初の人間の創造とは、神が一対の類人猿に飛躍的変化を呼びおこし、瞬間的変革をまねいたということである。その結果、この一対の類人猿は、魂をふきこまれ、人格化してアダムとイヴに変じたのである」

《人間》は読んでいた。まわりでは、みんなが、ことばをかわし合っている。

「わが尊敬すべき総裁は、どこへいったんだね?」

「こないよ。痛風の重い発作だとさ。例によって、いきなりおそってきたらしいよ」と、地質学者が、薄笑いを浮かべて答えた。

「じゃ、この際、だれが議長になるんだね?」

「副総裁さ。ほら、きたぞ」

《人間》は、副総裁と会うのを避けたかったのだが、そうはいかなかった。副総裁は、立ちどまって、《人間》の手を握ってあいさつした。

「お目にかかれてうれしいです。大変、うれしいですよ」眼鏡をかけた小柄で貧相な男が、小さな猫なで声でいう。田舎の補祭かお習字の先生といったところだ。「お元気ですかね?」

副総裁のまわりには、なにやら用事ありげな人たちが、うろちょろしはじめ、しきりとかれの注意をひこうとする。ところが、副総裁はあっさりとかれらに背を向け、《人間》の手をとった。《人間》とちっぽけな人間が、つれだって部屋のすみにいく。鎧の鉄と鉄とが、ぶつかり、がちゃがちゃと音をたてる。

「最近の試験はいかがですか？　国家総統は、非常に興味をもっておられます。わたしも前から、一度、見学にお寄りしようと思っているんですが」

副総裁も、やはり設計家で、《人間》とも関連のある分野で仕事をしてきた。

「現代は、われわれを追いたてますなあ。そのうちにはほかの国にも、いろいろなタイプの地下自動機械が出現するでしょうし、だれひとりとして、それをさまたげるわけにはいきませんからな。ひとりのホモ・サピエンスが考えつくことなら、ほかのものも、考えつくでしょうしねえ。まあ、最初は当然、なんら危険のない科学的実験なわけですよ。ところが、そのうちに……時間がたつにつれて……おそらくあなたなら、わたし以上によくお分かりと思うが」

（おれは怪獣を、戦争のためにつくったんじゃない）と、《人間》は、自分の足もとに目をやり、八角形の古色蒼然たる樫のモザイクを眺めながら、考えていた。（おれは、非武装、無防備の怪獣をこしらえた。科学のために、認識のために、認識の範囲を広げるために、つくったのだ）

副総裁は、着々と冷静に、自分の思考を発展させていく。

「わたしには、将来どうなるかが、きわめて明白です。怪獣の玩具みたいな試作品にかわって」と、かれはそこでわざとらしく微笑した。「巨大な規模をもつ大怪獣が現われ、大量生産される時代になります。しかも、広い行動半径と大きな積載量をもったやつですよ……」

（おれは、あいつを非武装、無防備にこしらえた。人間の友だちとして、つくったんだ。しかし、心の奥底でおれは知っていた。たしかに、いつも分かっていた……もうはじまっているんじゃないかな？　とっくに、はじまっているのかもしれない？　と。でもおれは、なーにまだもう十年間ぐらいは平静に落ち着いた仕事がつづけられると、思っていたんだ。あんまり早くから、この問題を考えたくなかったのだ。おれは、大丈夫、間に合うさ、と思っていた。それで、この問題について考えることを、ずっと、のばしのばしにしてきた……それに第一、国内の情況だって、一度もこんなことには……）

「やつらは当然、地上の道をすっかり、地雷でふさぐでしょうしな」

「やつらですって？」

「そうですとも、やつらとわれわれですよ」

と、貧相な人間は、小さな、説教をするような声でそういって、眼鏡をかけ直した。

「どの国も、地雷敷設ラインと、地上の国境線にそった地下哨戒線をこしらえるでしょうよ。こりゃもう、当然です」

「ええ、当然です」

と、《人間》は、まるきり抑揚のない声であいづちをうった。

「実際的にいって、地上の国境は、やがて通行できなくなりますよ。そうすれば、深さを求める闘争がはじまりますね。それで、国家総統は、期待をかけているんですよ……」

鐘がなりはじめた。「式典の間」に集まる合図である。

「できるだけ早い機会に、あなたの怪獣を陸軍に見せたいと思っています。どこか、南部地方がいいですな」さすがに、かれも、こういうときは用心ぶかげになった。「演習ですとも……もちろん。べつになにも実用的意味があるわけじゃありません。もっとも心理的効果はあるでしょうがね……『いまや伝説を創造するときである』と、これはまあ、国家総統のことばですが」

副総裁は、うやうやしく頭をさげ、ほんとうに説教でもするように両手を合わせた。

「ひとことでいうと、ここしばらくのうちに、あなたに対して、きわめて大きな権限と予算とがあたえられるはずです。ぜひ、お仕事を強力に進めていただきたい」貧相な人間は、《人間》に向かって、冷めたくこびるような笑いを浮かべた。「あなたに、神の祝福がありますように」

そして、立ち去っていった。数人の人びとが、いかにもおもねるように背を曲げ、二、三歩はなれて執拗に副総裁のあとを追っていく。まるで、雑魚がさめのような強奪者のあとを追って、思いがけないおこぼれにあずかろうとしているかのようだった。

人びとの流れは、広間へと入っていく。一番若いアカデミー会員、陽焼けした白い歯の海洋学者が、人びとのあいだをわけて、《人間》の方に近よってくると、元気にあいさつした。

「お仕事はいかがです？　ぼくの方は、軍艦にのって、世界一周旅行に出かけるんです。二年間ですよ！」

《人間》は、かれの方を向いて、その顔をいちべつした。海洋学者は、タバコを消すように微笑をおしとどめて、陰鬱できまじめな表情になった。

「ほんとうに、たまりませんね。ぼくも、あなたと同じ思いです。でも、どうすればいいんです？　ぼくは、きょう総裁がおいでにならなかったように、ここにきたくなかったんです。しかし、たとえジュピターに対してできることでも、牡牛にはするなって、いいますからね。ぼくの世界旅行が、おじゃんになっちまいますしねえ。それにぼくは、この旅行のためにずいぶん長いあいだ苦労して、やっとのことで許可してもらったんです。あなたもきっとご存知でしょうが、ぼくの父親は、生前、社会主義的新聞で働いていて、労働者党が禁止されるまで、党と近しいあいだがらにありました。こういう事実は、みんなが憶えていますからね。かないませんよ！」またしても、かれの顔に、男らしく美しい微笑がひらめいた。「こういう旅行は、ほんとうにぼくの長いあいだのあこがれでしてね、ぼくの子どもみたいな夢なんですよ。それにこれには、ぼくの仕事も、かかっていますしね。まったく、ぼくの仕事ときたら……」

「だれにだって仕事はある」と、《人間》はいいたかったのだが、黙りこくったまま、海洋学者のかたわらをはなれて、かれから目をそむけた。あとになってみんなが思いだしてみると、その朝、《人間》はきわめて口数が少なかった。普段にまして黙りがちだった。その朝、かれの声を聞いたというものは、ほんの二、三人しかいなかった。

ずっしりした手が、ぱんと《人間》の肩をたたく。甲冑ががちゃりと鳴るくらいだった。もじゃもじゃな眉毛。肉づきのいい鼻、相変わらず口にタバコをくわえた《作家》である。

「なにも、押し合うことはないさ。ちょいと、待とうじゃないか」

かれの襟飾りは斜めにまがり、やっと首にのっているみたいで、かつらの巻毛も、もつれ合っている。

「せめて、こいつをすっちまおう」と、かれは、やけになってすぱすぱとタバコをすう。

「あなたのまっすぐに立っている姿ときたら、兵士みたいですな。具足に身をかため……ひげを生やして……あなたみたいに背の高い一本腕の男といやあ、ミグエル・セルバンテス・

デ・サーベドラ（『ドン・キホーテ』の作者。かれは一五七一年、レパントの海戦で負傷し、左腕を失う）ですよ。一本腕の兵士でさ。あなた、セルバンテスに似ていますね」

《人間》は、当惑のあまり、ぎごちなく肩をすくめた。

《作家》は、不意に腹をたてて、

「まっすぐだと。そいつは、見せかけだけさ。あなたは、まっすぐですよ。わたしも、まっすぐです。みんなイリュージョンさ！　どの道、われわれはみんな、からだをまげ、かがみこんで、世紀の卑劣さがまがりくねっているのに順応しているんですよ」かれは、金めっきの椅子の張り皮やモザイク床（ゆか）に、タバコの灰をちらした。「まっすぐに立っているなんてことは、とてもだめさ。あんたは、自分がまっすぐだと思っているがね。実はとっくに背骨がまがってるのさ。もう、元にもどらないほどまがっているのさ……」

「脊柱側曲病だな」と、医学者が、承知しているといわんばかりの薄笑いを浮かべて、そばを通りながら口ばしった。

《作家》は、タバコを靴のかかとでもみ消し、花びんの中につっこむ。

「いや、この世紀の卑劣さのまがり工合ときたら、ひどく急角度でね。しかも、いよいよ急になっていく。いまじゃ、こうでもしなけりゃ追っつかない」《作家》は、わざと痛そうに顔をしかめて、からだ全体をぐいと傾けてみせた。「手足はくじく、からだはくだけるという騒ぎでさあ」

「どうされましたか、あなた？」副総裁が、広間に入ろうとしながら、小さな猫なで声でたずねた。

「ワイダンをやっているところでしてね」と、《作家》は、不作法な調子で答える。「ある娼婦がね……」

広間は、いっぱいだった。《人間》と《作家》は、自席についた。席次は、二〇二番と二〇三番。舞台に近い政府席の赤いビロード張りの柵のうしろに、国家総統が姿を現わした。濃い色の巻毛のかつらをかぶり、儀式用の黒光りのする具足を着けている。そして、レースのかわりに幅の広いダブルカラーをつけ、笏をもった手を脇腹にあてた姿たるや、さながら中世の戦争画からぬけだしてきたようで、なかなかりっぱに見えた。冷酷そうな薄い唇、くぼんだほお、空虚なひとみなどは、この黒い騎士、不吉の騎士の装束にぴったりで、それらは、仮面舞踏会どころか、もっとずっと重大なものを予感させた。

壇上に副総裁が出てきて、彫刻をほどこした黒ずんだ椅子に、腰をおろす。その椅子の上には、伝統に従って、ロバの皮で装幀した部厚い書物がおいてあった（それには大昔から、アカデミー会員に選出されたもの全員の名前が、記入されてある）。この装幀は、アカデミー創設者のひとりが『ロバの利益について』と題するパンフレットで名声を得たことを、記念しているのである。

ひょろ長いはげ頭の男が、前回の会議の議事録を単調な声で、読みはじめた。議事録は、必ず承認をうけるしきたりになっていた。それで、広間にいる人びとは、それには知らん顔で、勝手におしゃべりし合っている。

「きちがい沙汰さ、ロバ拝跪狂さ」と、《作家》は腹だたしげにいう。「タバコもすえない、酒ものめねえときた。勝手に頭を下げるなり、身をくねらすなりすりゃいいさ、ねえ、デ・サーベドラさん。ロバの皮の本の上に坐っているロバの尻に向かって、頭を下げているのは、いったいだれですか？　人間ですぞ。こいつはゴヤ（ゴヤは、政治家や僧侶の風俗を大いに諷刺する絵をかいた）の絵だね！」

「でも、もし《人間》が、頭を下げようとしなかったら？」

「やめてくれ。この世のいっさいのものは、まったく相対的な存在なんだ」《作家》の顔は、びくびくけいれんしはじめる。「わたしは目下、宗教戦争に関する資料を二、三、研究中だがね。かきたいと思ってるんだが……かきはじめるつもりなんだが……」そこでかれは、手をふって、「わが祖国ときたら、苦難にみちたかわいそうなものさ。読めば読むほど、おそろしくなりますよ。どこもかしこも、迷いにみちみちている。ろくに文法も知らない翻訳者が、たったひとことをゆがめて伝えると、それが原因で、川のように血が流れたり……人びとが死におもむいたり、功績をなしとげたりしたんですからねえ。わたしにゃ、分かりませんな。たとえば、こういう連中は、いったいどちらが恐ろしい人びとで、どちらが馬鹿なやつらなんだろう。つまりですな、神はある人びとに対しては古代ローマ人のことばで『殺すなかれ』と説き、かれらはその神の名において焚刑を行ない、またある人びとに対して神は、当時はまだまったく未発達な農民の方言、わが祖先たちの粗野で、間違いだらけの語尾変化をともなったことばで、『殺すなかれ』とのたまい、この連中は、またまたその神の名において、讃美歌をうたいながら、よろこび勇んで焚刑に処せられた、ときてるんですからねえ……いまとなっちゃ、どっちも滑稽な話としか思えないが」

「わたしは、おかしくありませんね」

「うそをつきたまえ、ドン・ミグエル氏。おかしいですとも！　われわれの苦悩にしたって、子孫たちにとっちゃ、滑稽なものとなるにきまっています。きっとかれらは、われわれがなにを説いてまわったかなんて、分かろうともしないでしょうよ。黒い鎧を着てたのもいるし、白い袈裟（けさ）を着てたのもいた、だなんてね。それも、血のついている白い袈裟だったりしてね……

いや、『伝道の書』は、ちゃんと指摘してますよ。『空（くう）なるかな、すべて空なり。日の下に人の労してなすところのもろもろの働きは、その身になんの益かあらん』とね」（旧約聖書「伝道の書」第一章、第二―三節）

《人間》はたずねた。そういう見解をもっている《作家》が、かつてなぜ、八十人の逮捕に反対する声明に署名したのか、と。

《作家》は、眉をひそめ、腹だたしげにほおをふくらませた。

「潔癖という悪いくせにすぎませんよ。排便のあとでもすり傷のつくくらいふく方でね。もう時代おくれで、はやりませんな。こんなくせは、やめてもいいころです……」

議事録は承認され、つぎの議題に移った。副総裁が、伝道者のような声音（こわね）で、説明しはじめる。いかに国家総統が祖国の科学に大きな貢献をしたか、かれの労作は、どれほど純粋で透明な叡知の蜜にひたされているか、いかにかれが素朴で人間的で謙譲であり、その論理の普遍化においては、どれほど考えぶかく、かつ柔軟であるか。しかも、かれの論理の不屈の力と、その知性の水晶のごとき明晰とは、実に感動的、いやほとんど衝撃的とさえいってもいい……云々、と。

それぞれの椅子の前におかれている書見台には、やはり薄っぺらな黒皮表紙の書物が、のっている。《作家》はそれに手をのばした。

「ふーむ。柔軟か。たしかに柔軟すぎるほどだよ。『福音書には、五千人の人びとを五つのパンで満腹せしめたとあるが、この奇跡も、容易に説明しうるものである。もちろん、イエスは、その教えのパンによって、人びとの精神的飢えを満足させたのである』か」《作家》は、ぱんと音をたてて本をとじた。そして、疲れたように椅子の中でぐったりとなった。「こんな動物園さわぎは、もうあきあきだよ……」

票決の儀式がはじまった。

「席次、第一番」

ふとったアカデミー会員が、立ちあがった。鎧を着たこの男は、あんまり長く貯蔵しておいたのでふくれあがった缶詰に、そっくりだった。かれは、笏を頭上にふりあげていう。

「はい、賛成です」

「席次、第二番」

天文学者が立ちあがる。かれの頭のたんぽぽのようにつき出た毛が、わなわなと震えている。まるで、いまにも最後の綿毛が吹きとぼうとしているみたいだ。

「はい、賛成です」

（あるものは年をとり、べつのやつには子どもがいる）と、《人間》は考えた。（三人目は仕事をもっている。自分の仕事に対する高邁なる配慮がある。あるいは、自分のからだに対する配慮かな？　つまり、みんなできないというわけだ。だれか、できるものはないだろうか？そうすりゃ、みんな、二度びっくりだ。よくもこんな暗黒時代に、卑劣の時代に……と）

「席次、第五六番」

哲学者が立ちあがり、笏をもった手をなに気なくおろしたまま、いかにも気どって、耳ざわりのいい深いバスの声をだす。

「はい。賛成します」

《作家》は、不信と冷淡さをあらわにしている。あるいは、ただ酔っぱらっているせいだろうか？　医学者は、ひとつのことしか考えていない。自分が人びとの役にたっている、かれらを救っている。それ以上は、なにも知ったことじゃない……と。

「席次、第九一番」

物理学者が立ちあがり、頭をあげ、肩をそびやかして、ぶつぶついった。

「はい、サンセ……」

だれかの声が、耳の上でこんなふうにいっているみたいだった。（おまえは、自分だけが清潔にしていればいいのさ。なにも、両手を血まみれにすることはないよ。余計なことは、おまえの力じゃどうにもならんよ。ものごとの全体的な進行を、変えるのは不可能だ。そんなことは、個々の人間の力に合わないさ。その点、マルキストは正しいね）

だれの声だろう？　うまい工合に持病の痛風がある総裁の声だろうか？　それとも、《作家》の声だろうか？

（すばらしいのが未来ではない、未来は未来にすぎない。避けられないと知ったことは、自分の心の中でそれを許すことですな）

「席次、第一一六番」

俳優が立ちあがり、型どおりにのべてから、許可を得て詩を朗読した。

かれは善良　聡明であり　その知性には
子孫たちも驚くに相違ない……

だれかの声が、すぐ耳もとでこういった。（人類の迷いは、いよいよ悲しむべきものとなりつつある。それはもはや、われわれが心配したり、そのためなにかを犠牲に供しようなどと考えたりするのに、価(あたい)しなくなっている。人びとは、みんな嘘つきで、品がなく、忘れっぽくなっている。幾人もの英雄が自分たちの血を捧げはしたものの、世界はひとつも、良くならなかったじゃないか……）

するとべつの声がつぶやいた。（おい、とんまな羊さん、山ん中へは入るなよ……）子どもの小ばなしだ。どうして、こんなはなしがきこえるんだろう？ ずいぶん遠いところから、きこえるみたいだが？ こいつは、三十年も前に死んだ年とった乳母の声だ。（おい、とんまな羊さん、山ん中へは入るなよ。山にゃ狼がいて、おでこをがっぷりやられるぞ！）

順番がきて海洋学者が立ちあがった。そして、ゆっくりと、やっとのことでいうように、

「はい。賛成します」

ひとりの人間、特定の個人は、不正をすることはできない。ところが、みんな集まると、不正がはじまる。これを、どうすればよかろう？

ある人には息子たちがいる。ある人は黒い白鳥を飼っている。それぞれ、りっぱな理由をもっている。

しかし、だれかがやらねばならないはずだ……どうして、ねばならないのだろう？ どうしてだろう……

「席次、第一九九番」

（とんでもない！　いったい、どういうわけだ？　なんだって、このおれが？……とんでもない。家族がないからだって？　おれには、弟子たちがいるぞ。まだかきかけの本もあるし、怪獣もいるし、第一、そんなことは考えてもいなかった。みんなと同じようにいうつもりだったんだ……セイレネスの歌を聞くまいとしてオデュッセウスの漕ぎ手たちがやったように、耳に蠟をつめようと思っていたんだ。自分の声は、聞かないつもりだったのに）

「席次、第二〇二番」

卑劣さがまがりくねっていく。いったい、ほんとうに、こんなことでいいんだろうか。脊椎は、すっかり不具にされてしまって、もうまっすぐにのびない。だのに、おまえはそれに気づきもせず、なれっこになって、へしまげられゆがめられた状態に住みなれてしまった。

「賛成します」

と、抑揚のない声で《作家》がいう。まるで、ろくすっぽ考えもしないという感じだった。

（とんでもない、なんにもならん。絶対ごめんだ。おれは、まだ生きていたいんだからな。生きて呼吸をして、仕事をするんだからな。みんなと同じように。最後のひとりとして……）

「席次、第二〇三番」

《人間》は立ちあがった。かれは、笏を頭上にかざすと、しっかりした声ではっきりといった。

「不賛成です」

そして、いつもと変わらぬ態度で腰をおろした。おそらく、いつもより、さらに幾分か顔色が青白かっただろう。動揺が起こった。何人かの人たちは、隣の学者にしきりとたずねている。「なんですって？　なんといったんですか？」単調な手続きで、多くの連中は眠気をもよおしていた。かれらは、かわされていた質問と返答とを、ろくに聞いてなかったのである。

壇上の貧相な男は、眼鏡をずり落ちそうにしながら、ゆがんだしかめっつらを政府席の方に向けた。票決は途切れたまま。ひどくぎこちない沈黙が、つづく。

国家総統は、わずかに顔をしかめたが、指先で軽く合図した。それは、こういう意味に相違なかった。（どうしたのかね？　つづけたまえ。べつに、どうということじゃないよ）。後にかれの側近者たちの語ったところによると、国家総統はさげすむように「馬鹿ものめが」といったようなことばを、つぶやいたということだ。もちろん、それは、あわてふためいた議長に向けられたことばだった。

かれは、ぱっと視線を議場に投げた。ふたりの視線がかち合う。国家総統と《人間》と。それは、ほんの瞬間のできごとだった。国家総統は、すぐに目をそむけ、笏を片手について、まったく落ち着きはらった無関心な顔をしたまま、上品で退屈そうなポーズをとっていた。強力で危険な敵、黒い不吉のプリンスである。

「席次、第二〇四番」

貧相な男は、まるであの世からもどってくるみたいな声で、そう呼ぶと、眼鏡をかけ直した。

10　急がねばならない

《人間》は、車にのって会議からもどってきた。

ライラックが咲いている。ライラックが至るところに咲いている。かっと赤い髪の毛をむきだしたままの娘が着ている安っぽいジャケットの上にも。そのボーイフレンドのベレーの上にも。向こうから走ってきた車の中にも。風におしあけられ、驟雨に洗われた窓の中にも。

たしかに、この光景のうちには、なにか冷酷なものがひそんでいた。死者は眠らしておくがいい。囚人は、牢獄の中で呻吟するがいい。ライラックは、そんなことには知らん顔だ。ライラックは、咲き誇る……

《人間》は運転手に、わき道にそれて古い墓地に寄ってくれと、いおうとした。恩師の墓のほとりに三十分も坐って、心を静めたいと思ったのである。しかし、そうするわけにはいかない。かれは、急がねばならなかった。もし、自分の仕事をすっかり片づけるつもりならば。

低い空が、早くも凹み、頭上にたれさがり、いつもの驟雨を予告している。最初の二、三滴がアスファルトに斑点をつける。こうもり傘が、あちこちでひらかれはじめた。風が野盗の口笛のようにひゅうひゅうと、ライラックの壁にそって走っていく。あたかも、荒っぽい両手で、五枚の花弁をもつ幸福の花を、さがしだそうとしているみたいだった。

《人間》が、自分の部屋に入ってみると、電話がなっている。どうやら、もうかなり前から、鳴っていたようだ。

「はい、もしもし」

相手は、アカデミー総裁だった。郊外の別荘からかけているのだ。黒い白鳥が泳ぎ、黒いチューリップが咲いている例の別荘である。

「おい、とんでもないことをしてくれたな！」

「仕方がなかったんだ……」

「宣言をやらかすんなら、宣言好きの連中にまかしときゃいいんだ。なんだって、やつらの仲間入りをしたんだい？　昔からいわれてるだろう、最初の心の動きに身をゆだねるなって。そいつは、高潔なものにきまってるんだ。まあいい、なんとかうまく、片をつけようじゃないか。仕事をしすぎて調子が悪いんだよ。頭の働きがすっかり鈍くなっちまっててね……まったく無自覚な状態なんだ……」

「すまない……」

「いや、今度は許さないぜ。医学者に指示をあたえるから、連中が、なんとか適当な用語をそろえてくれるだろうよ……謝罪状をかいてくれ。丁重な表現でな。こいつは、やってもらわないと困るよ。そうすりゃ、大将も御機嫌を直すだろう。おそらく、意外とことは速くはこぶだろう。あるいは、ごく短期間で片づくかもしれない。しかし、こういうことをしでかした以上は、きみも馬鹿じゃないから、……きみからは、とりあげられるぜ……きみの坊やをな。ぼくのいうことが、分かるね？」

「分かるよ」

「お別れしなけりゃならんよ。まあ、理論的部分は、時間がたてばとりもどすこともできるだろうし、きみの手もとに残してもおけるだろうが、工作場や、かんじんの……きみの子どもの方はねえ……」

「だれにわたすんだい？《見習工》にかね？」

「あんなのは、まだ青二才さ。そうじゃないよ、副……だよ。分かるだろう？」

「分かるよ」

「あの狐は、前から葡萄畠にしのび寄っていたのさ。きみは、かれの仕事を大いにやりやすくしてやったんだから、恩をきせてもいいわけだ。要するに、家にとじこもって、とにかくねていろ。頭に氷でものっけてな。だれがこようと、きみは人事不省だ。ぼくがいくまで、ひとこともしゃべるな！　気を落とすなよ。ぼくがきみを見殺しにするなんて、思ってたんじゃあるまいな？　そんな豚野郎じゃないよ。じゃ、ねてろよ！」

《人間》は受話器をおいて、怪獣のところへおりていった。

なるほど、そうか。つまり、総裁は早くも知っているわけだ。早い。あるいは、かれには自分の情報網があるのかな？

アルミ製の廻転ドアのそばに、警備兵が立って、パスをあらためている。その前までくると《人間》は、わずかに足をおそめた。かれの心臓が、ぎゅっとしめつけられる。とっくに連絡がいっているんじゃなかろうか？　もしかすると、通すなという指令が、きているかもしれない？　警備していた金髪の兵隊は、ろくにパスを見ようともしないで、いつものとおり、うやうやしく敬礼した。かれはまだ若かった。かれの両眼は、有名な設計家で栄光につつまれた学者、地下潜行の最初の発明者を、感動的に見守っていた。これこそ人生だ、これこそ真の幸福なんだ、と。

格納庫と発進場の当直に、《人間》はこうのべた。予定してなかったが短時間の潜行に、怪獣をつれだしたい。ただそれだけで、べつに課せられた目的があるわけではない、と。かれには、かれなりの考えがあった。《人間》は、潜行航路を記入しないつもりだった。そして、運転日誌の『航路の欄』には、『不定、主方向指示器は切断のまま』とかいた。これはつまり、あとになって航路を確認されて、その航路をくり返されないためである。

怪獣は、なにもたずねない。

両者は潜行した。計器類は、きちんと作動している。潜行は好調だった。

「おまえは新しいことを、習得しなければならない」と、《人間》はいった。

音声リレーのはじける音。ゆっくりとした金属的な声が、ペダンチックな重々しさでこう答えた。

「おれは、よろこんで新しいことを、習得する」

「忘れることが必要なんだ。おまえは、これからわたしのすることを、忘れなければいけない」

ちょっと間をおいてから、怪獣の声は、いつものように正確に、冷静に答える。

「しかし、わたしには、忘れることはできない。そういう能力は、おれにあたえられていない。おまえは、知っているはずだ。おれは、忘れることも、誤りをおかすことも、できないのだ」怪獣の体内で、なにものかがざわめくように息をついた。「おれは、人間とくらべて不完全なのだ」

「おまえは、痛みを知っている。痛みを知ることのできるものは、なんでもできるはずだ」

《人間》は、マイクロフォンに身をかがめて、不安気な様子で執拗にいった。「おまえには、習得できるはずだ。うそをつくことを、習得せねばならん。わたしに協力してほしい」

怪獣は長いこと黙っていた。両わきの小窓に、赤っぽい粘土の地層断面が、ひらめく。正面ののぞき穴を見ると、やはり赤茶けた壁面に、振動光線の薄紫色の輪が、ゆれている。その壁面は、光線の作用をうけて屈服し、くずれ落ち、亀裂が生じる。

音声リレーのはじける音が、ひびいた。

「おれには、とてもむずかしい。おまえは、おれにそんな仕掛け、つくらなかった」

《人間》は、とても静かな声で、まるでひとりごとをいうように、こういった。

「わたしだっていろいろ……つらいんだ」

「おれ、努力する」

またしても、深く重いため息が、どこか怪獣の内部に生じ、ずっとからだの上の方まであがってきてから、消え去った。

「分かった、おれ、習得する」

「わたしが、もうじき外に出る。外に出たら、あるものをかくす。いいかね、もしあとで、おまえがたずねられても、おまえはなにも知らないし、なにも見なかったのだ。この、おれとおまえの最後の潜行で……」

そのことばは、あまり確固たるひびきをもたなかった。《人間》は、もう一度くり返した。

「われわれの最後の潜行のさい、わたしはおまえを停止させなかったし、どこにも外に出なかったし、断層地帯になにものもかくしたりはしなかった。もともと、われわれが潜行してまわったのは、断層地帯なんかじゃなくって、その反対側なのだ。いいな、おぼえたかね？」

一時間十五分後に、両者は地上にもどってきた。《見習工》は、いつものとおり、発進孔に迎えに出ていた。この潜行は、予定外の行動で、突然に行なわれたのだが、

「ひとから聞いて……とんできたんです……」

《見習工》は、習慣どおりに、怪獣の四肢やまぶたをあらためて、ケビンに入って、計器の示針に目をくれた。

「一時間以上も潜行してましたね。それにしては、距離計が出ていないな。どこか調子が悪かったんですか？　停止しましたか？」

「いいや」

と仕方なく《人間》は答えた。

「皮が、ばかに熱いなあ。まるで、怪獣のやつ、紫外線なしで、自分の力だけで潜行してたみたいだなあ……」

怪獣は、格納庫につれていかれた。《人間》は、真っ赤な作業用コンビネーションを着たまで、怪獣のところに立ち寄った。怪獣と《人間》だけになった。

「帰りはつかれただろう？　振動光線なしだったからな」

「つかれない」

怪獣は、ざらざらした防禦用の皮革で保護されていたが、ま新しく光っている部分が、ひときわ目だって見える。破損した皮革を補修した個所である。大きな斑点は、人間と怪獣がいっしょに斑糲岩(はんれいがん)のあいだをおし分けていき、あやうく両者とも参りそうになって、《人間》が左腕をなくしたときの傷痕だ。あのとき、怪獣は、自分の腹の皮をひきむいてしまったのだ。それから、こまかい斑点がつながっているのは、深々度潜行試験を行なったときのものである。

そのときも怪獣は、苦しみに耐え、泣きごとをいったりはしなかった。もうひとつのひっかき傷、これは《人間》が片手で怪獣を操縦するのをおぼえたばかりで、おぼつかない不正確な動作をしたときに、ついたものだ。

「ああ、なんてことだろう」と、《人間》は、怪獣の肩や、あれた銅褐色の皮膚にひたいをおしつけた。「ああ」

そして、格納庫に静寂がおとずれ、《人間》も怪獣も、身じろぎもせずにいた。ふたりともに、胸が痛んだのである。

格納庫のガラスの天井をつらぬいて斜めにさす陽光が、無格好な形をした大きなわけの分からないものを、てらしだした。それは、眠れるさいを、数倍も大きくしたもののようでもあり、乾燥のために巨大な山に積みあげた単なる皮革の集積のようでもあった。そしてかたわらには、真紅のコンビネーションを着た男が、その積みあげた皮に身をひそめ、顔をおしつけて泣いている。片腕のしらがまじりの男、すでに初老の、ひどく孤独な人、生涯における最良のものをすべて失おうとしている人間である。かれは肩をふるわせて泣いていたが、その声は、ひとつもきこえなかった。

時が流れていった。

怪獣の音声リレーが、音をたてる。

「もう時間だ。まだ図面が……」

「なんだって?」

と《人間》は身を起こし、片手で顔をぬぐった。

「図面だって? そうだ」

やはり、立ち去りがたかった。考えていた以上に、つらいことだった。

最後にもう一度、《人間》はケビンに入ってみた。そこで、困難な幸福な時間を、どれほどすごしたことだろう。右手でちょっと、運転台の鍵板にさわってみた。そして、なにか記念にもっていこうと、思った。なににするか? かれは、掛け金から小さな丸い鏡をとりはずす。それは、運転台の前にかかっていて、ケビンのうしろの壁がのぞけるようになっていた。これで、いい。《人間》は、ふり向きもせずに去っていった。

休憩室で《見習工》は、《人間》のコンビネーションについている皮バンドをはずし、酸素容器と結合するようになっているパイプをほどき、ホックをはずした。《人間》がひとりで、この複雑な装備をはずし、片手で操作するのは、むずかしかったのだ。

《見習工》は、どこやら下の方にかがみこんで、長い両手で器用にコードをひっぱっている。

それらのコードは、無数の穴に通されていた。かれは、これまでにけっして、複雑にからみ合ったコードを、選びそこなったりしたことはなかった。《人間》の方からは、かれのブロンドの頭と、ジャンパーをまとった小づくりで敏捷な肩だけが、見下ろせた。

「わたしは、前からきみとゆっくり話したいと思っていたんだが」と、《人間》はいった。「だが、いつもなんとなく……われわれは、ここ数年、ずっと地下にもぐりどおしで、個々の障害をつぎつぎと克服してきた。そして、われわれの仕事の全体的な思想や目的について、考えてみるひまがなかった。これは、きみの先生たる、わたしの責任だ。大地の奥底は、これまで研究者をよせつけなかったし、地質学者や物理学者たちがその内部構造にかんしていろいろと仮説を立てたのも、間接的な諸現象にもとづくものだった。実に奇妙なことだが、地底を知るということは、われわれから十億マイルもはなれた星の組成や温度を知る以上に、人類にとってむずかしいことだと、思われてきた。しかし、すべては、やがて変わるに相違ない」

《見習工》は、コンビネーションをぬがせて、それを長椅子の上にひろげた。平べったい真紅の人間、顔のかわりに頭巾をつけた人間は、おとなしく長椅子に横たわり、バンドのとめ金をきらめかせながら、先生のことばに聞き入っている。

「もちろん、わが地球に爆発物をしかけて地下の領土をつくることも、できる。その地下の静寂に、人類社会の喧嘩口論をもちこみ、そこに国境の障壁をもうけ、歩哨をたてることもできよう。また、新しい技術手段によって、反乱を鎮圧し戦争を解決することも、できよう。地下攻撃の鉾先を、『東方の国』『自由の国』に向けることも、できるはずだ。とにかく、国家総統が好んで語るところによれば、危険思想をはらんだ風は、その方向から吹いてくる。黒い暗雲は『東方』からやってくる、というんだからな。そりゃ、このちっぽけな地球を吹っとばすことぐらい、そうむずかしくはあるまい。しかし、学者の任務は……」

《見習工》は、のんびりした罪のないひとみを《人間》に向け、いかにも悲しそうな様子でこういった。

「お話は、とても面白いんです。とても。よく聞いて、先生が許して下さるなら、かきとめておきたいくらいなんですが。でも、ちょうどきょうは、ぼくの母の兄さんが……ほんとうにいいおじいさんで、大好きな年よりのおじさんが……」

「病気だというんだろ?」

「とても工合いが悪くって……」

「さあ、急いでいけ。しょうがない。わたしはべつに、おこったりはしないよ。きみがこういう男だと、はじめて知ったときと同じで、べつにおこったりはしないとも」

そういうと《人間》は、おしださんばかりにして《見習工》を部屋から出ていかせた。

「明日は、きっと」という声が、ドアの向こうからきこえてくる。

「よし、よし、明日にしよう」

窓から見ていると、《見習工》は腕時計に目をやり、長い両手をふりながら中庭を走りぬけていく。やがて、かれは、入口の反対側に姿をあらわした。ライラックの花束をかかえ、ジャンパーの裾をひっぱったり、手早く髪の毛をなでつけたりしている。《見習工》は、花束を贈るつもりだな？　それに、おめかししているぞ？　こいつは、様子がおかしい。いったい、相手の彼女はだれだろう？

ルサールカが、胸の大きくあいた白いワンピースをまとい、乱れた下げ髪を胸にたらしてやってくると、《見習工》の手からひとかかえもあるライラックの花束を、とりあげた。なるほど、そうだったのか。細いウェストをきゅっとしめた小さな白い人影は、ひとりで勝手にどんどん歩いていく。すると、ひょろ長い男の方が、うやうやしく、むしろ従順なまでに身をかがめて、彼女のことばを聞きながら、あわてそのうしろに従っていく。

さ、これで終わりだ。ふたりが角をまがった。これで、おしまいだ。

怪獣とも別れた。《見習工》とも別れた。残っている仕事も、だんだん減っていく。あとはなんだろう？　耐火金庫だ。

急がねばならない。これは、どうしてもやっておかねばならないのだ。

かれは、エレベーターで上にあがり、警備隊長のもとに寄って、金庫の鍵をわたしてくれと、たのんだ。ちょっと設計図を見たいのだ、と。わたしてくれるか、くれないか？　指令がきているだろうか、まだだろうか。《人間》は、好きなときに金庫室に入る権利をもっているたったひとりの人物だった。警備隊長は、体軀堂々とした大佐で、しゃくれたあごをもち、煉瓦のように赤い顔色をしている。かれは、のろのろと動きながら、机の上の書類をめくり直したり、ひきだしをあけたりしめたりする。わざと、ぐずぐずしてるのかな？　なにか、下心があるのかな？　それから、どこかにいってしまい、なかなかもどってこない。あまり長いので、《人間》は、もうもどってこないんじゃないか、と思ったほどである。

もしいま……もし、この最後の瞬間に、いっさいが水泡に帰するなんて、馬鹿げた話だ。

《人間》は、爪をかみながら、待っていた。

大佐は、金庫室や金庫の鍵の入った金属製の箱を、両手でかかえてもどってきた。電話が鳴った。大佐は、片方の手のひらに箱をのせて、受話器をとりあげる。かれのひとみがきょろきょろと動き、短いことばで返事をする。見るからに不自然な様子だ。「はい……まあね……ま、やってみる……わからん……状況しだいだ」《人間》は、緊張のあまり、からだがつめたくなってきた。かれは、大佐の大きな赤い手のひらにのっている箱から、目をはなすことができなかった。背中に、ひや汗がにじんでくる。大佐は、不意に決然とした態度となり、さっと血ののぼった顔を赤黒くそめ、首から耳までも赤くして、受話器に向かってこういった。「ね、おまえ、たのむよ。いまひとがいるんだ。あとで電話してくれ。そのとき、約束しよう」

大佐は、そっと受話器をおくと、アイロンみたいにずっしりした顔にばつの悪そうな微笑を浮かべて、ちょっと身をちぢめるようにしながら、《人間》に鍵をわたした。

「ご案内しましょうか？」

どうやら、すまないことをしたと、感じているらしかった。

「ありがとう、ひとりでいくから」

金庫の中には設計図があった。一枚一枚に、国璽と国家総統のサインとがついている。《人間》は、図面をめくり、その一枚をとると、手あらくそれをふたつに折り、そして四つにたたみ、さらに小さく小さくたたんだ。上衣がちょっとふくらんだが、部屋の戸口の廊下に立っているふたりの番兵は、なにも気づかなかった。うまいことに、かれは、片手なので、なんといっても上衣の着工合が他の人たちとは違い、いささかだぶだぶした感じで、それに、ポケットにつっこんだ上衣の片袖が、うまくかくしてくれたのである。

《人間》は、自分の部屋にもどって、マッチをすり設計図をもやした。ほかにも、いくつかの書類、手紙などを焼いた。それから、灰をしまつする。さあ、これで準備完了だ。かれは、紫外線を放射し、強力振動光線をだす《特殊眼》を、地底にかくしてきた。そのかくしてある場所は、だれにもけっして分からないだろうし、それが地下にあるなどとは、まさか考えつきはすまい。そしていま、設計図を焼いてしまった以上、《眼》をつくり直すことのできるのは、かれ自身をのぞいては、国じゅうにひとりもいないということになる。（それに、《眼》をつくり直すには、何か月もかかるはずである）怪獣の胸にはライトが残っている。しかし、いまとなっては、これは、ないのも同然で、なんの役にも立たなくなっている（《特殊眼》がないと怪獣は、潜行深度も速力も、破壊力も、いっさいをなくしてしまう）。もちろん、技術思想の進歩をひきとめるなどということはできない。どの道、おそかれ早かれ、この学者たちは、振動光線を発明考案するだろう。《人間》の発明したのと同じか、あるいは、もっとすぐれたのを。しかし、それはいつのことだろうか？

いずれにせよ、副総裁は、大いにがっかりすることだろう。近い将来に、「南部地方のどこか」で怪獣を実験して見せるなんてことは、とてもできっこない。

さて今度は、自分自身について、自分の運命について考えてみよう。いままでは、とてもそんなひまがなかった。死刑かな？　それとも、要塞監獄に終身禁固かな？　《人間》は、身ぶるいした。後者のばあいが、ひとしお恐ろしいものに感じられたからだ。ひとりぼっちの終身禁固。話によると、あそこには窓もないということだ。昔の囚人たちは、灯油をかぶって焼け死んだという。いまじゃ、電気もあるし、なんといっても二十世紀だから、変わってはいるだろう。自殺も禁止されて、絶対にできないのだそうだ。

しばらくたてば、やつらも、《特殊眼》や設計図のことに気づくだろう。きっと、拷問がはじまるに違いない。かれは、まるで他人のことのように、冷静に正確に考えてみた。かれ個人にしてみれば、死刑の方が得だ。なるべく早く死刑にされた方が。軍事法廷、お座なりの審判、それがどのくらいつづくのだろう？　ひと月か、三月か？　連中がどんな告発をするか、どういう審理を行なうか、こいつは見ものだ。だが、いずれにせよ同じことじゃないか？　結果はひとつなんだから。

かれは、窓に近づいた。すると、突然、かれの体内に抵抗の精神が、わきあがってきた。おくればせながらも痛ましいほどの口惜しさが、わきあがってきたのである。なるほどおれは、自分の生活をぶちこわし、自分の仕事をめちゃめちゃにしてしまった。いったいそれは、なんのためなのか？　いかなるものの名においてしたことか？　そうすることが、だれにとって必要だったのか？　またしても雨が降っていた。目の下を、こうもり傘たちが通っている。黒ばかりでなく、灰色の傘もまじっていた。春先になるといつも、こういう色がまじる。まるでおじぎをしているみたいに丸くかがめた背中たち、従順な羊の群の灰色や黒の背中たち。その群が、おし合いへし合い、どこへなんのためにとも知れず動いていく。ただ、生きるために生活している。

ドアをノックする音。

こうもり傘たちは、ひっきりなしに這っていく。黙りこくって、平静に、同じ動きをくり返しながら。

ブロンドの兵隊は、見るからにとりみだしていた。

「あちらに……あなたを……」

《人間》は、まだ二時間前にはうっとりした目つきでかれを見守っていたこの若ものを、ながめてやりたいと思った。

「万事、ととのってるよ。すべて、ちゃんといってるよ」

かれは、もどってきて、デスクの上から小さな丸い鏡をとりあげ、それを、ポケットにしまった。

「さ、用意はできたよ」

11　忘却の刑

裁判は、早かった。

《人間》は、非愛国的気分と反政府的活動の罪で、告訴された。

かれが逮捕されてから、十日たった。

「それにしても、総統はあわてているな」と、《人間》は柵でかこまれた被告席に入り、背中のない木の椅子に坐りながら、考えた。

法廷には、人気がなかった。アカデミー総裁までが、中に入れてもらえない。かれと被告との友情は、かなり有名になっていたのだ。

検察側の証人が四人、登場した。弁護側の証人は、ひとりもいない。

副総裁は、アカデミーのフロックコートを着ていたが、勲章はつけていなかった（哀悼の意を表してつけなかったらしい)。かれは、静かな声で、しかしはっきりと、やわらかいおだやかなイントネーションで語った。まことに痛ましいことではあるが、真実を語らざるをえない、というわけだ。被告は、たしかに才能をもっている……つまり、りっぱな能力をもっております。にもかかわらず、道徳的に堕落した人間で、ひややかな懐疑主義者、合理主義者であり、こういうと恐ろしいことではあるが、無神論者とまでいわれています。かれの工作室や実験室のために、莫大な国家資産がつかわれているのに、その成果たるや、本質的に見れば、微々たるものであります。神に背を向けたものが、どうして、誠実に人民に仕えうるでありましょうか? 多額の金が被告個人によって私されたと考えうる証拠も、存在しております。また、被告は亡命者のグループと関係をもっていたとする証拠も、出ております。家宅捜索のさい、非常に多くの封筒からはがした切手が見つかりました。スタンプは、ほとんどイタリアのものであります。そして、ご存知のとおりイタリアには、わが国からの少なからぬ亡命者、国家総統に敵対する人物がいるのです……《人間》は、切手を集めたのは守衛のおばさんの息子にやるためだと、いいはじめた。しかし、この申し立ては、なんの役にもたたなかった。

二番目に証言したのは、ほおひげの生えた年輩の男で、格納庫につとめているというが、あまり見憶えのない顔だった。過去二十年間、毎日のように《人間》は、この男に会ってはいたものの、おそらく、一度もことばをかわしたことがなかったのだろう。かれには、かつてこの男の声を聞いたという記憶がなかった。ほおひげの男は、手帖をしらべながら、入念に報告したものである。何日の何時に《人間》が、政府機関紙の先進的論文についてなんと語った(「犬のたわごとさ」といった)とか、国家総統のどのような外交措置を、どんな工合に認めなかったか(「ぬかるみにはまった」とのべた)とか、いかにして、あえて不必要な考察をこころみ、反逆的な政治的発言(「悲しむべきは、権威の力が力の権威にとってかわられつつあることだ」)をなしたか、などと。それらはすべて、事実であるか、あるいはほとんど事実に近く、蟻のような勤勉さと入念さによって、細心に集められた情報だった。

「かれにはきっと、家族や子どもがあるんだろう」と、《人間》はあまり見憶えのない目だたない顔、まばらなほおひげを生やした顔を、興味ぶかく見まわしながら考えた。「それに、給料も少ないんだ。警察が買収しようとしたとき、きっとその夜、女房と相談したことだろう。すると、女房はこういったに相違ない。『もちろん、やんなさいよ。坊やの靴だって、ぼろぼろになっちまったし、おじいさんにだって、栄養のつくものをたべさせなくちゃなんないしさ。ちょっとした牛肉が、きょう日、市場でいくらしてるか、おまえさん、知ってるんだろ?』」

三人目は、こってりと厚化粧をしたなかなかの美人、若い婦人だった。これは《人間》には、まったく見憶えのない女だったが、りっぱな身なりをして、肘の上まである黒い手ぶくろをはめ、ベールのついた凝った帽子をかぶっている。

「わたくしと被告とは関係がございました。かれは、水曜ごとに、わたくしのところにまいりました。かれはいつも、政府と政府の全閣僚、国家総統を憎悪していると、申しておりました。その人たちを殺害し、共和国宮殿もろとも吹っとばし、無政府状態にひきこもうと、望んでいたのです。そして、全女性を共有にし、すべての寺院を共同便所にするつもりだったのでございます」彼女は、ベールをはねのけ、長い黒手ぶくろを直し、いかにも敬虔な態度で十字を切った。「わたくしには、すぐに分かりましたが、この人は共産主義者の手先で、赤に買われてお金をもらい、あっちから、『東方』から指令をうけているのでございます」

最後に現われたのは、《友人》だった。かれと《人間》との交友は長く、小学校のころからだった。この《友人》は、不遇なセールスマンで、しばしば失業し、それよりももっとしばしば、他人の金や会社の商品を紛失した。《人間》は、年じゅうこの《友人》を助けてやり、金をやったり、かれのために釈明に出かけたり、不幸に泣きつかれ血痰まじりのせきをしつづけているかれの細君のところへ、医者をつれていったりした。

その《友人》が証言をした。もっとも、《人間》の方に目を向けなかったものの、自信たっぷりで、いかにもセールスマン的厚かましさのこもった語り口だった。《人間》がかれに向かって、国家総統の暗殺を計画していると、一再ならず告白したというのだ。そして、今度、総統が工作室を視察にきた際にかれを狙撃するか、あるいは爆破するか……その準備をしているというのである。「その、つまり総統を……あれでもって……」と。

「ルルジットだね」

と、裁判官は眉をひそめて、いい足してやった。

「それです、それです。原因は、《人間》が国家総統をうらんでいるということです。なぜなら、かれは、かりに科学芸術院の副総裁になれないとしても、少なくとも十二名の幹部会のメンバーにはなれると考えていたのですが、そういかなかったからです」

「とすると、かれが暗殺をたくらんだのは」と、検事がぱっと立ちあがった。「個人の自由がなかったからだと、いうわけではありませんね?」

「それもありました。そうです、たしかです! 個人ということにかんして、かれは、実にしばしば口にしていたように、思います」

《人間》の同意を得ずに法廷によって任命された弁護人が、ふたことみこと、生彩のない声でぶつぶついう。「たしかに、被弁護人は道をあやまりました……それで罪を重ね……しかし、今後はけっして……獄中において、考え直し、感じ直したことは……」と。

検事が短い発言をした。

「被告は、謝罪状を書くことも拒否しました。獄衣とともにわたされる十字架を、首にかけることも拒否しております。社会の敵、秩序の敵であります……」

法廷は、協議のため休憩に入った。

《人間》は、窓を眺めていた。ただ四角い空が見えるのみである。ポプラの綿毛がとび、一羽の素早い自由な鳥が、ひらりと視界をかすめて消え去った。

判決が読みあげられた。死刑である。

《友人》は、わが胸をつかんだ。かれのほおには、悲しみの涙が流れた。

「ぼくは、こんなことになろうとは……許してくれ……」

かれは、たちまち外へつれだされた。そんなことはすべて、なんの意味ももっていなかったのである。

厚化粧をした美しいご婦人は、《人間》のかたわらを通りすぎるとき、胸につけたライラックのひと枝をぬきとり、被告席の柵の上にのせた。だれも、それをとめようとはしなかった。

《人間》は、そのひと枝を獄房にたずさえた。しかし、その枝は、たちまちにして枯れはじめた。

牢獄で花は育たない。牢獄で耐えていけるのは、人間だけである。

《人間》の入っていた厚い壁の独房には、わずかな窓のすき間がついていたが、それも木でつくったひさしで、びっしりとおおわれていた。床は湿って、つるつるしており、ねずみが走りまわっている。上からはコードにつるした電灯がぶらさがって、あらわな房内、寝床やさじの入っているお碗などを、容赦なくてらしていた。

読みかきも、許されてはいなかった。夜半すぎ、廊下の足音も静まり、ドアののぞき窓も、たまにしかあけられなくなった。

《人間》は、毛布をひっぱりあげ、壁の方を向いて、小さな丸い鏡をとりだした。別れるときに、怪獣のケビンからはずしてきた例の鏡である。そして、枕にそれを立てかけた。

鏡の中に、怪獣が現われた。

いや、こういっては不正確だ。怪獣は実に巨大だが、鏡の中に現われたのは、小さい。怪獣の一部、怪獣のきれっぱしが出現した。小さな丸い鏡におさまるだけの部分が、現われたのである。もっと正確にいうなら、怪獣の片目だけだった。それは、重ったるく前にふくれあがったまぶた、装甲をほどこしたまぶたにつつまれ、まるで鰐（わに）の目のようだった。

「さ、出たぞ」

と、《人間》は、ちょっとほほえんでいった。怪獣に会えて、とてもうれしい。厚い牢獄の壁も、たちまちどこかへ消え失せた。

音声リレーのはじけるような音が、かすかにつたわってくる。

「こいつはいいぞ。おまえのそばには、だれもいないか?」

「だれもいない。おまえのところは?」

「やっぱりいない。まったくひとりぼっちさ」

《人間》は、めったにない好都合な条件を、自慢したいくらいな気分だった。

「工合はどうかね? ヘッドライトが役にたたないことに、まだ気づかれないのか? まだ、おまえをしらべにはこないのか?」

まだだれも、怪獣を点検してはいなかった。いまはみんな、怪獣どころの騒ぎではなかったのだ。

「裁判はあったのか?」

はっきりとした金属的な感じの小さな声、遠くからきこえる怪獣の低い声が、そうたずねた。

「まだだよ」

ちょっと間をおいて《人間》が、答える。

かれは、うそをつくのは嫌いだった。しかし、なにも早くからみんなを騒がせることもない。分かるときには、分かるんだから。

鰐に似た目が、ぱちぱちとしばたいた。

「ルサールカが泣いている」

《人間》は、深いため息がきこえてくるより早く、ことのしだいを察知した。

「ルサールカは、ここのところずっと泣いている」

「ふーむ」

《人間》は、眉をひそめ肩をすくめた。そして、爪をかみはじめる。

「つまり、だれもおまえの面倒を見てくれない、だれも、昔のようにしてくれないんだね？　さあ、答えてごらん、おまえの骨格をつくるには、どんな合金が用いられたか？」

またしても、音声リレーのはじける音がひびいてきたが、それは、やっときこえるくらいの、おもちゃのような音だった。そして、小さな金属的声が、しっかりとはっきりと、いささかたどたどしい調子でかぞえはじめた。それは、まるで一年生のように、きまじめできちょうめんな声だった。

「パーメンダー、パーミナヴル。センダストもしくはアルサイファァ。ヴィケロイ。鉄アルミよりも耐熱性の強いクロームアルミ。銅ニッケル鉄、銅ニッケルコバルト……」

「まるで、書いたのを読んでいるみたいだ」と、《人間》は、心の温まるのをおぼえた。

「よろしい、よろしい、よくできた。では、アルサイファァの特質は？」

怪獣は、すべての質問に答えた。やがて、いつものとおり、落ち着いた声でいう。

「おまえをなぐさめるために、わたし、おまえに歌をうたう」

かつて怪獣が、《人間》のいる前で歌をうたったり、うたおうといいだしたことはなかった。

「いい歌だ。元気づけてくれる歌だ」

怪獣の話し方は、ポケット会話必携でことばを憶えた外国人のように正確で、むしろあまりに正確すぎるくらいだった。

「さあ、聞いてくれ」

そして、うたいだした。

旅に出るとき　ほほえみを……

遠くからきこえてくる金属的な声は、やはりいくぶん、おもちゃのように、鈍く、雑音をともなってきこえてきた。その振動音は、鉄がなりひびくというより、金属箔がさらさらと乾いた音をたてているみたいだった。

……判決は、あらゆる新聞に発表になった。その記事の下には、「控訴不可能」とかかれていた。

科学アカデミーは、国家総統に陳情して、被告の才能と祖国に対する過去の功績とにめんじて、絞首刑にかえるに要塞監獄に終身禁固をもってしてほしいと、願った。このときには、アカデミー総裁の名が、一番はじめにしるされていた。

事件は、国家総統の署名を得るところまで進んだ。かれは、チェス台に向かって、練習問題を考えているところだった。足もとのじゅうたんの上には、ボルゾイ犬がねそべっている。すんなりした長いからだ、非常に血統のいい犬だ。利口そうな細い鼻から、ととのった胴体。ボルゾイ犬は、ねそべったまま、弓の弦のように身をひきしめ、用心ぶかく書記官を見あげた。

「なんだね？　ああ、これか」

かれは、一件書類をとりあげ、それをめくりはじめた。

「きょうでちょうど、期限が切れますので……」と、書記官は説明しはじめる。

「知っている。静かに、とまれ！」

あとの方のことばは、そのとき唸りはじめた犬に向けられていた（おそらく書記官が、うっかりして、あんまり犬に近づきすぎたのだろう）。「唸るんならば、あっちへお行き……」

電灯が、将棋盤と数個の駒を、てらしだしている。じゅうたんの上の犬、国家総統のはげあがった高いひたい、かれのくぼんだほお、長いしなやかな指のある手。その手は万年筆をもっている。

「殉教者を生むことはないな。殉教者は危険だ」

と、国家総統はいい、『絞首刑』ということばを消して、ちょっと考えこんだ。金ペンが、書類のページの上にとまったままだ。「終身禁固か？　これも、あまり変わらないな。苦悩の栄光だし……そうだ、こうしよう。忘却の刑だ」かれは、きちょうめんなこまかい筆跡で数行かきこみ、自分の署名をした。そして、書記官の方をふり向く。書記官は、黙りこくった忠実な男で、かれの肩のすぐそばに吸取紙を用意して、立っていた。「わたしのいったことを憶えていたまえ。十年たったら、国じゅうだれひとりとして、かれがなんという名で、どんな仕事をしていたかなど、憶えているものはいなくなるだろう。『とにかくずっと昔のできごとさ……この男……なんという人だか……』と、いうようにでもなるさ」そこでかれは、古い詩の一節をひいた。

「『幾世紀の河は　砂上の足跡を　平然と流し去る』」そして、書記官が書類に吸取紙をあてているあいだに、総統の薄い唇には、いっさいを承知しているというような、ぬけ目ない、いまわしい微笑が動いた。「だが、もしわたしがかれを殺したら、かれの遺体は、旗じるしになるだろう。かれは、歴史の年代記にかきこまれよう。なにもわれわれは、それほど慈悲ぶかくなることはあるまい、そうだろ？　祖国を失った人間……忘れ去られた人間……」

総統は、一件書類の入っている紙ばさみを、ぱたんととじ、長いしなやかな指でチェスの駒を配置して、いかにも満足そうに品よく、このオリジナルですばらしい練習問題を解く緻密な戦法について、語りはじめた。

真夜中、《人間》は独房のベッドから起こされた。そして、事務所につれていかれ、そこで判決文が読みあげられた。死刑にかえるに、いついかなるばあいにも帰国の権利をはくだつするという条件で、国外追放に処す。そして、すべての勲章、怪獣創造者という称号をふくめたいっさいの位階や称号も、はくだつされる。かれの名前そのものも、忘れ去られ、すべての公用文書から消されてしまい、これまでに出版されたあらゆる書物からもけずられ、今後いっさいかれの名前を、印刷はもちろんのこと口にだしてもいけない。今後、被告は姓名をもたない。もし、どうしてもかれに用事があるばあいには、ただある人とのみ、呼ぶべきである。本判決は、ただちに実行に移される、と。

かれは庭へつれだされた。灰色のちぎれ雲が低くひろがり、星は見えなかった。もう夜明けだった。ふたりの兵隊が、《人間》を送っていくという。それは、かれに、国境をこえるまでのあいだ、だれとも関係をもたせないためだった。

かれの荷物が、はこびだされた。かなりの量である。入獄中、いろいろと経験のある《見習工》の母親が、万一のばあいにそなえて、厚いフェルトのジャケツ、底のごつごつしている労働靴、古い毛布、兵隊用のリュックサックなどを、もってきてくれた。アカデミー総裁は、缶詰や、本もののショートランド産高級毛布、赤と白の優雅なチェック模様の毛布（どうやら牢獄というものにかんして総裁は、これといって正確な考えをもってはいないらしい）、それに毛の下着などを、送ってくれた。《人間》は、できるだけ自分で着こんで、残ったものをリュックにおしこんだ。もちあげてみようとしたが、重くて、とてもひとりでかつげたものではない、もう一度、やってみた。ふたりの兵隊は、両方とも若いがっちりした青年だったが、みがきあげた長靴の両足をひらいて立ったまま、《人間》がりきんでいるのをながめていた。ふたりの頭には、リュックを下からおしあげてやろうなどという考えも、浮かばないらしい。罪人は罪人であって、とても人間とはいえない。一人前の人間じゃない。だから、そんなやつの手助けをするには及ばない、と考えているようだった。

ああ、なんといっても、こういう生活になれなければいけない。《人間》は、腹のたつのをおさえて、荷物の三分の二をすて、リュックを肩にかついだ。門がひらき、かれが先に立ち、兵隊たちは数歩おくれてそれに従った。

街は、バラ色をおびた灰色で（バラ色がしだいに濃くなりつつあった）、あたかも針葉樹のたき火の煙のような朝霧にいちめんおおわれて、震えていた。ほとんど人気はなかった。清掃車が、街に水をまき、たわしでこすり流し、労働の一日に備えている。うしろから、兵隊の規則正しい歩み、金具をうったかかとがアスファルトにあたるひびきが、きこえてくる。《人間》は、かつて凱旋行進をした通りを歩いていった。かつてこの道に、怪獣がひきだされ、バラの花がとびかった。そのとき、総統は、《人間》と並んでオープンカーにのり、細いしなやかな指で感情をこめて、かれの手を握ったものである……。

広場は片づけられていた。どうやら、ついさっき、ダンスが終わったばかりらしい。テーブルや椅子がひっくり返しになり、アイスクリームのコーンや、お菓子の紙、その他あらゆる種類の色とりどりの塵がころがっている。オーケストラボックスには、ふとっちょの楽士が、コントラバスをかかえて眠っていた。しばし《人間》は、目をとじた。すると浮かんでくる、血が、死体が。それらの死体をつんだ家具屋のトラック。そのどてっ腹には、「新婚の寝室は……」と大書されていた。共和国宮殿は、すべての窓にブラインダーをおろしたままで、堂々と不屈の姿で立っている。

三人は、先のとがった高い屋根とチェスの駒のような塔をもつ古い大学の建物のかたわらを、通っていった。昔、ここは修道院だったのである。入口には、大理石の石盤がかかげられ、それには、母校の誇りとなった多くの卒業生たち、有名な学者やアカデミー会員、国際的賞の受賞者などの名前が、金文字でほりつけてあった。それらの石盤のひとつ、ひしめき合っている名前のあいだにできた余白が、ぱっと目にうつる。そこに、真新しくけずりとられた一行がある。もうやったのか。さすがによく働く。むだに国家総統にくわせてもらっているわけじゃない。

港が現われた。ドックと起重機。子どもたちも、港におりる石段で遊んでいなかった。子どもたちは、まだ眠っているのだ。酔っぱらった水夫が、街灯につかまって、間のぬけた調子でうたっていた。「おお、おれの赤毛のそばにいちゃ、夜もろくろく眠れねえ」。あのなじみの場所、かれの家、怪獣の家に向かう曲がり角を、《人間》は通りすぎた。そして、しっかりした足どりで、べつの道にふみだした。かれは、市のはずれまでいくと、墓地の方にまがり、草が生いしげって、ほとんど地面とかわらないほど平らになった墓のかたわらに、しばしたたずんだ。かれのうしろでふたりの兵隊が、もじもじしている。ひとりが、せきばらいをして、悪意のない声で、むしろ規則のためというように、「歩けよ、人間。急いでくれ」といった。もはやかれは、命令されるときでも、ただ、人間とだけ呼ばれるのだった。

朝の十時、《見習工》は、なにか予感がして、ルサールカといっしょに監獄へとんでいった。ふたりは、受付で《人間》の名前をつげた。たがいに手をとり指をからませ合いながら、緊張したおももちで返答を待っていた。「そんな囚人はいませんよ」と、監獄の制服を着た獄吏が、平然としていう。「そんな名前は知らないし、名簿にものっていませんね」まるで油雑巾でなでるみたいに、ルサールカの顔をいちべつして、かれは答える。「そんな人は、この国にいませんよ」

そして、鉄のシャッターをがらりとおろした。

ふたりは、すごすごと帰っていくよりほかなかった。

ところが、その鉄のシャッターが、さっきと同じような音をたてて、いきなりあがったかと思うと、くだんの獄吏がふたりに呼びかけた。

「もどってくれ」

ふたりは、あわてて窓口に走り寄った。《見習工》とルサールカは、相変わらず手をとり合って。

「きみらは、親族かね?」獄吏は、ふたりを見ずに書類をめくりながら、たずねる。「だったら、目録にのっているる物品を受けとっていけるよ。第一番、赤と白のチェックの毛布。第二番は……」


ちょうどそのころ、《人間》とふたりの兵隊は、国境のあまり幅の広くない河に、たどりついた。両岸にヒースが生いしげっていたが、しかし、向こう岸はすでに他国の土地、他国のヒースである。《人間》は、平底船にのりこみ、船頭と並んで立った。外輪がまわりはじめ、ロープをゆるがせ、水面が泡だつ。岸辺はしだいに遠ざかる。兵隊のかたわらに、初老の女がひとり、ぼろのスカートをはき、はだしのままで立ち、小手をかざして平底船を見送っている。風が、彼女の赤い毛をたなびかせていた。

平底船が、河の真ん中あたりにさしかかったとき、《人間》は、なにかを叫びはじめた。風が、そのことばを運び去り、なにをいってるのかきこえない。

「……ガミ……」

かれが、平底船の上であまりにじたばたするので、さすがに兵隊たちもそれと気づいたらしいが、いったいなにが起こったのか分からなかった。赤毛の女には、その意味が分かった。彼女は、身をまげると、筋っぽい手で草むらの中をさがす。小さな鏡が、きらりとひらめいた。怪獣の鏡だ！《人間》は、リュックのつめ替えをしたとき、それを落としたのである。

「いくぞお！」と、兵隊のひとりは、力いっぱい手をふり、その鏡をなげる。

鏡は、平底船の船べりに落ち、とびはね、そのはずみでひびが入ってしまった。《人間》は腹ばいになり、片手でそれをつかんで、水に落ちるのをふせいだ。

船が岸に着く。《人間》は、リュックのかつぎ紐に腕をとおし、ジャンパーの上をバンドでぎゅっとしめ、左袖をポケットにつっこみ、歩きはじめる。かれは、ふり向いて、兵隊たちや女に手をふる。そして、灰色の湿けた空を背景に乱れたなびく女の赤い髪の毛が、《人間》に対する祖国の最後の挨拶となったのである。

《人間》が視界から消え去るか消え去らないうちに、空に一台のヘリコプターが現われた。ヘリコプターは、ほとんど垂直におりてくると、岸辺の水ぎわに着陸し、しだいにゆっくりとプロペラの回転をゆるめる。第一番にとびだしてきたのは、背の高い副官で、かれは全身に皮バンドをしめている。そして、降下兵の習慣的ポーズで、片手を腰のピストルケースにおいた。

「かれはどこへいったか？　ひきとめて、返すようにという命令だ」

《特殊眼》の紛失が、発覚したのである。

12　旅人、ヨーロッパを行く

旅人がヨーロッパを行く。

かれはいく。ヒースの荒地、泥炭の沈む沼地、そこここに丸い御影石のちらばったぬかるみの牧草地を。ここかしこを薄い地層でわずかにおおわれた丸い岩山を。長い鎖のように並ぶいくつもの湖を、草の生いしげる彎曲した岸辺を。

ヒースは満開で、薄紫をおびたバラ色のひくい煙となってひろがっていた。ほんとうに、春だった。

旅人は海岸をいく。そこでは、風が唸り、砂丘の列をつぎつぎと移動させ、こまかにふるわれたほとんど純白の砂の、巨大な丘が、しだいにつみあげられていった。

かれはいく。海の波をふせぐ堤防やダムのかたわらを、水門のかたわらを。あるいは、運河にそって。それらの運河は、テーブルのように広がった平野の中で、たがいに交叉し、はなれていく。その土地の古老たちは、平野のことを「神様は海をつくり、人間が陸をつくった」と、いいならわしてきた。旅人はいく、ぶなや樫の森や林をぬけて。それらは、ひんやりとした静寂をもってかれを迎える。大きな町々をぬけて。町々は、かれに騒音をあびせかけ、光で焼き、かれが前へ前へと急ぐにつれて、たちまちうしろへとび去っていく。町々は地平線上に、光の雲となり、ひらめき震える光のぼんやりしたかたまり、あたかも走りまわるような光の粒と斑点のかたまりとなっていく。その光のかたまりも、しだいしだいに低くなり、弱まり、かすかな照り返しの束を夜空になげかけて、ついにまったく消え去っていく。

旅人は古い寺院を見る。窓と尖塔とに飾られて、まるでレースのマントのようだ。真四角で、あたかも鋳鉄のかたまりのような現代的工場をも、見た。かれは見る、ハイウェイ、走り去る鉄道、鉱山のボタ山、熔鉱炉の巨大な塔、そして畠。その緑も、風のたつころには、黄金に輝く実りの色となる。くずれた塹壕(ざんごう)。それは過ぎし戦争の記念である。入口のない塀にかこまれたロケット発射場。それは、未来の戦争の予告である。

旅人がヨーロッパを行く。

なんで、かれは生活しているのか?　偶然にぶつかった農場の仕事でか?　ほどこしをもらってか？　泥棒するのか？
街道をいく。ほこりまみれの粗末な靴をはき、背中に兵隊用のリュックを背おい、左袖をバンドにつっこみ、毛布を巻いて肩にかけて。

あんまり背嚢につめるなよ。
一日
二日や
三日じゃない——
二度と帰らぬ旅だもの……

旅人、街道をいく。のび放題でほこりにまみれた髪の毛、あごひげ。しらがまじりなのか、すっかりしらがなのか、その見分けもつかないくらい。細めた両眼。かれは歩く。道ばたの泉から水をのみ、広い四角いひたい、褐色に陽焼けし、かさかさになったひたいを、流れ出る水にさしだす。パンの皮でもないものかと、ポケットをさぐる。せめて、かけらぐらい？　かけらぐらい、あるはずだが。やっぱりない。さっき歩いているうちに、たべてしまったのだ。

旅に出るとき　ほほえみを、
一度や
二度や
三度じゃない
旅は哀しくなるものさ！

毎晩、この奇妙な旅人は、毛布をひっかぶって、だれかと語り合っているように見える。かれは、小さな安っぽい丸い鏡に頭をのっけて眠っている。それも、ごくありふれた鏡で、おまけに割れてひびが入っている。そんな鏡なんか、とっくに捨てちまえばいいのだ。朝、起きあがると、その鏡をポケットにしまい、旅路を歩みはじめる。

うれた小麦が、重そうに大地に頭をたれる。夏がやってきたのだ。見知らぬ国のおだやかな夜、高い岸辺では、ホップの蔓（つる）が竿にまきついている。葡萄は果汁ではちきれんばかり。樽はからからに乾いている。ここにも、人びとが住み、困苦に耐え、仕事に疲れたり、よろこんだりしている。働いたり、自分の仕事をしたり、子どもたちを育てたり、近間の墓地に年よりを葬ったりしている。きっと、多くの人たちは、この界隈から一度も外に出たことなんかないだろう。ところが、旅人は足跡もとどめず通りすぎていく。この地上に居場所も仕事も目的ももたない人間。祖国のない男。忘れ去られた人間。

これまで旅人は、北の国から南の国に向かって歩いていた。いまやかれは、東の国に向かう。国家総統は、その演説の中でなんといったか？　「暗雲は東よりきたる」と。ところが、民衆のことわざは、これと違う。「光は東方よりきたる」と。

ある昼のひなか、かれは、わだちのあとがいっぱいついている田舎道、かたい粘土のでこぼこ道を歩いていった。もう、いいかげん参っていた。ところが、畠と畠のあいだのあぜ道を、やっとのことで歩いていくべつの男がいる。その人には、なにやら奇妙な感じがひそんでいた。なにか、おそろしく身近な感じである。ああ！　やっぱり、片腕の男だ。やっぱり左腕がなく、空っぽの袖をポケットにつっこんでいる。

その通行人が道に出てきた。中年のずっしりした人。かれは南の国の人間だった。なめらかな青黒い髪。段のある大きな鼻。いろいろなものを見てきた、しめりをおびた黒い悲しそうな目。かれは、いまはすっかり着古された旅行着をまとい、先のとがったこわれた靴を、縄でしばってはいている。かれは、自分の荷物を包みにして、杖の先にひっかけかついでいた。

「わたしは、南の国から」

と、男は用心しながらいう。

「わたしは、北の国から」

ふたりは立ちどまり、口をつぐむ。

「あっちですか?」

「ええ、あっちです……」

ふたりは、東の国を目ざした。

たがいになんにもたずねようともせず、ふたりは、並んで歩みはじめた。

もうとっぷりと日の暮れるころ、《南国人》は、自分の空っぽの袖を指さし、話のついでといった調子で、大まかに説明した。

「事故がありました。実験中のことです。ヒンデル・コンジュローの公式をかりて地球の引力を消し、太陽光線を伝って上昇するということを、考えだしたわけです」かれは、たき木の枝にぶらさげた缶づめの空缶の中の汁を、かきまわした。「計算が正確にいってなかったんですな……」《南国人》は、汁をちょっとなめてみて、満足げにうなずき、「それでも、なあに、片手だからってそう不自由でもありませんよ。右手ひとつで大丈夫ですね」

ふたりとも、国を追われ地位を失った人間だった。ふたりとも、どこからきたかも憶えていない。足をひきずって歩きながら、どこへいくかも知らない。どうしてふたりで、いっしょに歩かずにいられよう？

この日以来、《人間》は、それほどひどく孤独だとは感じなくなった。かれには、面倒を見てやる相手ができたのである。力のある人間にあっては、この欲求は、ことさら強く現われるものなのだ。

旅人たちが、ヨーロッパを行く。かれらは、ふたりで二本の腕をもっている。そして、一枚の古い毛布をもっている。ふたりは街道の砂ぼこりの上に設計図を描く。この設計図を見れば、多くの政治家たちは青くなるに相違ない。ふたりは数式をかく。これらの数式のためなら、政治家たちは、もっているダイヤモンドの中からいちばんいい石をわたしても、惜しいとは思わないだろう。それからふたりは、地面にかいた図や数式を消して、立ち去っていく。

夏も終わりに近づいた。日はしだいに短くなり、暮れるのが目だって早くなった。そして、雨の日がふえてきた。川の両岸の草地は、湿気をおびて、白いぬれた霧の渦におおわれている。

どこに泊まるときでも、《南国人》は、毎晩、包みの中からハンカチをとりだし、ゆっくりとそれを自分の頭の下にひいて、四すみをのばす。ぼろをまとっていても、かれは品位を失わず、実にインテリゲンチャらしい礼儀正しい態度、教授のような風貌を保っていた。

それに、話し方まで、インテリくさく教授式である。

「気もちのいい風光だ……」これは、景色のことである。「幻影上の痛みの感覚……」これは、からだじゅうぬれそぼったまま、ぬれた乾草の中に野宿すると、なくなった片腕が痛むということを、いっているのだ。「悲しむべき論理の欠如……」これは、ふたりがなにか仕事をくれとたのんだ農婦が、牧羊犬をけしかけてきたことを、いっているのである。

毎晩《人間》は、鏡をとりだす。しかし、はっきりした映像をとらえ、怪獣の声を明瞭に聞くことは、非常にむずかしくなった。両者のあいだには、何百、何千キロというあまりにも大きな距離が横たわっているのだ。それでもときおり、話すことができた。怪獣は、地底深くに入りたがっていた。ここのところ、地下にいくのもまれだし、それも大したものではなく、ほんの表面だけである（その後、振動光線、紫外線がなくなったままだからだ）。怪獣は、古きよき時代をなつかしみ、《人間》のいないことにつくづく嫌気がさしていた。

副総裁は、まだ一度も仕事場に姿を現わさなかった。かれは、本来の自分の仕事にとりかからず、もっぱら高級な陰謀に浮き身をやつし、共和国宮殿に入りびたって、あれこれと官職や地位をあさってばかりいた。南部地方の農民運動は、とっくに鎮圧されていた。そして、「雑草をひきぬこう」というスローガンで、カンパニアが行なわれていたが、これは主としてインテリゲンチャに向けられていた。例の《作家》の足どりも、どこやらの拷問部屋でふっつりと途切れたままである。かれは、国家総統のことを、あえて『政治的首狩りのイロクオイ族』（イロクオイは、アメリカインディアン六種族の総称）と呼んだのだった。かれの小説『カンパネーラ』の組版はばらばらにされるし、原稿も焼かれてしまった。アカデミー総裁は、健康状態を理由に休暇をとっていた。いまとなっては、総裁ですら、あまり左に寄りすぎているのだ。時代は変わってしまって、その他の人びとは、権力や富や官位を目ざすようになっていた。

「《特殊眼》の紛失は、だいぶ前に発覚したが、連中はどうするつもりかね？　どういう手段をとるつもりだろう？」と、《人間》は怪獣の運命を心配して、たずねる。

「すべてうまくいっている」と、怪獣は単調な声で答える。「こちらは、すべてうまくいっている。仕事は平常だ」

いかにも、こまかいことは説明したくないといった調子だ。

「なにか変わったことは？」

「なにも変わったことはない。すべてうまくいっている」

進むにつれて、兵士たちの墓が、しばしば道ばたに現われるようになった。ぽつんと立っている墓、並んでいる墓などを見かけるようになってきた。それに、分かれ道などにしばしば、解放戦士の像、石像やブロンズ像が立っている。東方から西方へ、すなわち、朝の光からたそがれに向かって進撃した戦士の像である。戦士は、剣をかざしているが、それよりも、花環をかかげている像の方が多い。いや、赤ん坊を抱いている像は、もっとしばしば見うけられた。そして、その像の、石やブロンズの足もとには、小さな野の花束が捧げられている。

ふたりは、秋に向かって進んでいった。しだいに寒くなってきた。やわらかい、ほとんど人間のように白い皮膚をつけた木々、白樺たちも、最後の葉を落とし、風をうけてかすかに身震いしている。ふたりの靴もこわれてしまい、いくら縄でしばっても、いくら針金で結んでみても、やはり足はすりむけて、血がにじみ出てくる。着ているものはぼろぼろになり、たった一枚の毛布も、てかてかになって、紐のようにさけてしまい、兵隊用のリュックには、ひっきりなしにつぎをあてねばならないというしまつだ。

……いったい、いかなる運命の転換が、この《南国人》、上品で丁重なことばで話し、黒っぽいあんず色でかなり近視の目をもった《南国人》を、放浪の旅におしやったのだろうか？それは《人間》も知らなかった。それに、たずねてもみなかった。というのは、強いてたずねたくもなかったからである。自分自身の経験からして、それを思いだすのがいかに苦しいことか、分かっていたからだ。幻影上の痛みである。

《南国人》は、過去を語らなかった。たった一度、こうもらしたことがある。

「わたしの国では……蘇生術も利用されていましてね。囚人を生き返らすためにです……そしてまた、電気による拷問をつづけるのです。そしてまた、生き返らせ……」

あるとき道を歩いていて、《人間》は古い新聞をひろった。最近のニュースの中に、副総裁が怪獣創造者の称号をうけたという記事が、のっている。《人間》は一読して、ぎこちなさそうに肩をすくめた。なにをかいわんや、である。そして、新聞紙を半分にひきさいて、指がひえないように、いまにも足の裏をくるもうとしかけた。しかし、そこでもう一度、そのニュースを読み直してみて、かれは愕然とした。その最後に、漠然としたあいまいな表現ではあるが、《見習工》はもはや怪獣のそばにいないようになると、のべられている。かれは、遠ざけられたのだ。しりぞけられたのである。いまや《見習工》も、〈針の家〉にいないし、格納庫に入れてもらえないのだ。

《人間》には、すべてが分かった。新しい怪獣創造者は、勝手気ままにふるまいはじめている。あの男が、いまや怪獣創造者と呼ばれているのだ。あの副総裁が……

かれの全盛がおとずれたのだ。副総裁は完全な怪獣の主人になりすまし、金に糸目をつけずに、失われた《特殊眼》をつくり直し、紫外線をとりもどすに相違ない。それなくしては、かれのきらびやかな称号も、無意味なひびきしかもたないのだ。やつは、王冠のない王位なぞ、欲しがっちゃいない。だが《見習工》はどうしたろう。その姿が目に浮かぶようだ……

「怪獣よ！　怪獣よ！　怪獣よ！」

夜ごと《人間》は、ひびの入った鏡をのぞきこんで、力ない調子で呼びかけた。

黒い夜空には、丸い月が出ている。黒い大地には、最初の雪がつもり、早くも溶けぬままに残っている。細い裸の小枝が寒そうにうなだれている姿には、なにかしら従順な絶望的なものが、ひそんでいた。

怪獣は答えない。いまや怪獣とのあいだをへだてている巨大な空間をこえて、連絡をとることは不可能だった。両者のあいだには、ヨーロッパが横たわっているのだ。

ヨーロッパ。このことばは、フェニキア語の「エレブ」もしくは「イリブ」から発していて、日没を意味している。

ふたりは、日の出に向かって進んでいた。

《南国人》は、おそろしく寒がっていた。かれのおでき、や、もの、も、らいは、いっこうに治らない。しかし、《南国人》は夜明け方でも泣きごともいわず、薄い氷、透明な氷の皮膜をわり、よどんだ水や小川などで黙々としてハンカチを洗う。どんなに水がつめたかろうと、かたわらの石にハンカチをおしつけながら、片手で洗濯する。かれは、あまり気持のよくない深いせきをする。せきこみが襲ってくると、立ちどまって、片手で胸をおさえる。しかし、なかなか呼吸は元におさまらない。

ふたりとも、暖にあこがれていた。

「もし、地球をもう少し太陽に近づければ……」と、《南国人》はいう。「あなたもお分かりでしょうが、実のところ、これはそう複雑なことじゃない。そうすれば、年間平均気温が、七度から八度は高くなる。そうなれば、いまのわれわれも……」

「わたしは、そういう分野の問題には、一度もたずさわらなかったので」と、《人間》はふだんと変わらず実務的にいった。「まあ、岩漿(マグマ)の熱を利用するとなれば、べつの問題で、これなら、わたしも……」そういいかけて、かれはたずねた。「しかし、あなたは、そういう工合に地球を移動することが目的にかなっていると、思うんですか？　地球という惑星にとって、利益があるでしょうか？」

「もちろん、温度があがります」と、《南国人》は、考えをのべる。「おそらくは、南極の氷が、おそろしい勢いで溶解しはじめるでしょう。全世界が大洪水になるということも、ありえます。しかし、わたしには、これを予防するいい考えがありますよ。いいですか……」

《南国人》は、多くのことをできる人だった。だが、古い靴につける新しい靴底を手に入れること、これだけは、かれにもなんともならなかった。

雪原が青みをおび、最初の吹雪が吹きすさんだ。白いこぶをつけた樅の木の、ほとんど黒いといってもいいくらいなこげ茶色の細い幹が、震えおののき、雪の粉をこぼす。こぼれた粉雪は、ゆっくりと舞い落ちる。木々の幹がきしむ。大声で叫べば、そのひびきは、遠くまでもきこえ、じっと動かぬ厳寒（マロース）の空気の中に、いつまでもたれこめて、あたかもこわばった琴糸が鳴っているように感じるだろう。

完全に冬となった。

その朝、ダイヤモンドのようなマロースの太陽が、容赦ないきびしさでてりつけて、目を焼いた。《人間》は、ひっきりなしに片手で目をおおいながら、切りさくようにはげしい痛みが通りすぎるのを、待っていた。しばしのあいだ、かれには、自分の目が見えなくなり、永久に視力を失うのではないかと、思えた。ふたりは、木の根や穴などにつまづきながら、よろめき進んでいった。《南国人》には、特にこの季候はきびしく、かれの方が寒さを耐えるのには弱いので、《人間》は、温かそうな着ものを、すっかりかれにわたしてしまった。風はふたりの進行をさまたげ、あざ笑うように唸っていた。

頭が混乱してきた。《人間》は、自分がいまここにいるのではなく、港におりていく石段の上にいるような気がしてきた。もしかしたら、過去にはなにもなかったのではなかろうか？　ひょっとすると、これはすべて、嫌な夢なのではなかろうか？　明け方なので、よく眠れないのかも知れない……かれは、必死になったが、どうしても《南国人》が見あたらない。やっとのことで、思い浮かべてみると、かれと出会ったことだけは、やはりたしかだ。たしかに、ふたり目の片腕の男がいた。あるいは、自分を安心させるために、勝手にそんな男を妄想していたんだろうか？　純白の背景の中でぼんやりしたうす黒い点が、《人間》といっしょに動いている。はっきりしないうす黒い斑点。するとやっぱり、ふたりで歩いているのか？　あるいは、歩いているのは、《人間》がひとりだけか？　孤独な、まったく孤独な人間。そして、雪の上に並んでいるのは、かれの影か……ひょっとすると、かれ自身が、《南国人》の影なのかもしれない。ふたつの影たち……ふたりとも死んでいて、こうして歩いているのも、ただそういう習慣のせいかもしれない。惰性で動いているのだ……

静寂の中で過去の声がひびいた。「彼女は人生に対してあまりにもまじめすぎる」。「先生、かぜをひきますよ。ぼくのコートを着て下さい」。「選ばれたる人びとのために乾盃。この人びとは、そうあらんと望んでいるからではなく、ただ存在しているだけで、すぐれているのである」。「避けられないと知ったことは、心の中でそれを許すことですな」。「新婚の寝室は、ぜひ当社に」。「おい、とんまな羊さん、山ん中へは入るなよ……」。「わたしはあなたを、ガイウス・グラックスと呼びますかな?」

風のあたらない樅の茂みの中で、《人間》は立ちどまり、リュックサックをおろした。それから、大きな木の切株に、例の鏡をおき、いつものように一生懸命で怪獣を呼びだそうとした。かれは、一日に何度かこれをくり返していた。

「怪獣よ! 怪獣よ!」

しかし、これは無駄だった。いくらためしても、はじまらない。

《人間》は、かたく凍えた手で、リュックのより紐をほどいた。そして、もはやそちらを見ようともせず、切株から鏡をとりあげて、しまおうとした。

「きみ、見えないのか?」と、《南国人》がいきなりかれの肩をつかんで、叫びだした。

だが、かれにはなにも見えない。

「怪獣だぞ……ほら……」

《南国人》は、すっかり興奮した身ぶりだった。かれのかぶっていた毛布は、頭からずり落ちたが、それにも気づかなければ、つきさす厳寒もいっこうに感じないというふうだった。

鏡の中に、なにやら入りまじったものがぼんやりと、現われてくる。まるで、カメラ愛好家の合成写真のようだ。《人間》は、太陽と雪に焼かれて痛む両眼を、必死になってこする。なんとかして、見たいと思った。

ついに、怪獣の姿が現われ、はっきりと見えるようになった。もちろん、怪獣の全貌ではなく、片方の目だけである。その目は、せまい鏡の面にやっとのことでおさまり、まるで金属のふち飾りをはめられたみたいだった。

「《見習工》のことなら知っているよ」と、《人間》はいった。「新聞で読んだよ。なにもかも、すっかり分かっている」

古い生活、昔の生活から、これまで生きてきた長い生活から、なんとわずかなものしか残らなかったのだろうか。縦にひびの入った直径数センチメートルの、この丸い鏡だけである。

うしろに残してきた大きな世界、かれの幼年時代、青春、成年時代の世界、円熟した創造の時代の世界、かれには現実と思われていた唯一の世界、町と港の世界、人びとと鳩たちがにぎやかにことばを交わす世界、低い灰色の空の下にゆれる煙の世界、しめった黒いアスファルトとぬれた傾斜の屋根の世界。この世界に通じているのは、こんなに小さな鏡の窓、ほんのちっぽけな明かり窓だけなのである。

「なにもかも、すっかり分かっている……やつらは、なにをおまえに望んでいるんだ？　どういう手段をとろうとしているのか？」

まぶたが重々しくたれ下がり、鰐にそっくりの目が、幾度かまばたいた。音声リレーにスイッチが入り、はじけるような音がひびく。

「あいつは、格納庫にきた。おれと話した。みんなをよそにいかせた」

もちろん、これは副総裁のことである。

「むろん、紫外線のことも、たずねただろう？　秘密を明かしてくれ、《特殊眼》をかくした場所を教えてくれと、たのんだだろう？」

「そうだ」

「それで、なんといった？」

《人間》は、緊張して答えを待っていた。

「おれは、うそをついた」と、金属的な声が、なにかゆっくりと重々しく、そして、はっきりとさりげなく答えた。「おれは、なにも知らないと、いった。うそをついた」まるで本を読むように、怪獣はいう。「おまえがおれに、うそをつけとたのんだからな」

その声は、蚊のなくように弱々しく、まるで遠くでブザーがなっているようだった。

《人間》は、けわしい顔をして、肩をすくめた。

「で、あいつは信用したか？」

怪獣は、ため息をついたようだった。

「いや、あいつは信じなかった」そして、特に力をこめてはっきりといった。「おれのことは、心配するな。なんにも悪いことは起こらない。だれも、おれに悪いことをしようなどとは、していない。すべて、ちゃんといっている。おれのことを心配する必要はない」

ほんとうに必要ないのだろうか？

なにしろ、怪獣は苦悩や痛みを心得ている。かつて、死に直面したこともある。大量の、あまりにも大量の出血が、知覚器官に障害をもたらし、知覚喪失を、つづいて死をよび招こうとした。つまり、怪獣のいいたがらないことをいわせようとするなら、かれを拷問にかけることも、できるわけだ。《人間》はそのことに、思いをいたした。すると、怪獣の方も、かれの考えていることに気づいて、単調な声で念を入れるようにくり返した。

「万事平常。すべてちゃんといっている。おれは、おまえの命令したとおりにやっている……パーメンダー。パーミナヴル。センダストもしくはアルサイファ……なんにも心配することはない。べつに悪いことは、起こらない」

怪獣は、熱心にけんめいになって、いかにも重々しい真剣さをこめ、しきりと《人間》をなだめた。そして、そうすることで、またしても不安そうになった。

「ときどきルサーロチカがくる。しばしば」

《人間》は内心で、怪獣が指小愛称形の接尾辞を会得し、その使い方を心得ているのに、気づいた。前には、こんなことはできなかった。そういう能力は、あたえてなかったはずだ。怪獣は、なんのために愛称が必要か、「ルサールカ」と「ルサーロチカ」とのあいだにどんな相違があるか、知らなかったはずである。ところが、いまはたしかに、心得ていると見える。

《人間》は、《見習工》がどうしているか、かれの身になにが起こったのか、たずねかねていた。あまり余計に知るのが、こわかったのである。

「おまえは、落ち着いてくれ」と、怪獣は《人間》を慰めるようにいう。「新しい場所に落ち着いてくれ。そして、おれに道を教えてほしい。おれは、やつらから逃げだしていく。逃げだして、なんとかしておまえのところへいくよ。ルサーロチカをつれてな」大きな片目が、鉄で枠をとったせまい環の中で、何度かしばたいた。「それに《見習工》もつれて……そうすれば、おれたちは、またいっしょになれる。おまえは、自分の本をかけばいいよ」その声は、蚊のなくように細くなり、消え入り、どこか遠くに去っていく。「か・け・ば……」

愛する怪獣よ！　かわいい、かわいい語り手よ。おまえは知らないが、二十世紀のおとぎばなしは、めでたしめでたしにならないのだよ。おまえは、慰めてくれる。細い細い声で……蚊のなくみたいに……ああもう、すっかりきこえなくなってしまった……


ふたりは、風に向かって雪の野を進んでいった。

ひとりの森番が、森のほとりに立ってながめていた。

一方は、浅黒い陰気な顔の男で、手あたりしだいいろんなものを着こんでいる。毛布の中から、大きな鼻がつき出て、黒っぽいすもも色の、しめりをおびた目が、悲しそうに痛ましげにのぞいていた。

もうひとりは、背中に荷物を背おい、ふしだらけの杖をついて、よろめかずに真っすぐに歩こうとしている。かれの両眼は、充血しはれあがり、涙がたまっている。肩までたれ下がった髪と、もしゃもしゃのあごひげは、もうまったく雪のように白い。

しかし、もっとも驚くべきことは、ふたりいっしょにして、二本しか腕がないことである。それぞれ、片方の袖が空っぽなのだ。たしかに、ふたりとも左袖が、空っぽである。

旅人たちは、森のいちばんはずれの木々にたどりついて、立ちどまった。

「どこへ向かっていくんだね？」

と、森番がたずねた。

「日の出に向かってさ」

と、しらがの方が、半分見えなくなった目で相手の顔をのぞきこみながら、奇妙な答えをした。そして、もっていた杖で、かなたうしろの方を示し、

「あっちには、われわれの住む場所がないのでね……」

森番は、タバコをとりだし、やわらかいくしゃくしゃの箱から、二本を残してすっかり旅人たちに分けてやった。それから、ちょっと考えて、残った二本も、くれてやった。旅人たちの方が、もっと必要としているだろう。それから森番は、パンの耳をもっていた。ずっとポケットに入れっぱなしになっていたやつだ。

「ありがとう」と、浅黒い男は、パンの耳をもらいながら、丁寧に品よくお礼をいった。「あなたはとても、親切ですな」

その声は、弱々しかった。

それでも、かれのおじぎのしかたは、まるで大使館のレセプションでするおじぎのようだっ

た。

「腕はどこへおいてきたのかね？」と、森番は、興味をそそられてたずねる。「戦争でかね？」

「そうだよ」

と、しらがの方は、早くも杖で道をさぐりながら答える。

あられのような雪の粒が、かれのあごひげにとびこみ、肩にたれ下がるしらがの房毛の中にもぐりこんだ。

「戦争で、負けなすったのかね？」

「まだ分かるもんかね……」

と、しらがの男は、なかば微笑を浮かべたように見えた。

かれは、せきこみはじめたが、立ちどまり、杖をもった片手で胸をおさえ、おさまるのを待っていた。やがて、先頭に立って、雪の中に道をつくりながら、進んでいった。

ふたりは、なにやら低い声で歌をうたっていた。なんとなくゆっくりした調子の歌である。

「どこから、きなすったね？」と、森番はうしろから呼びかけた。「あんた方は、いったいだれだね？」しらがの男がふり向いた。「あんた、だれなんだね？　なんという名前かね」

名前だって？　それがいったい、なんだというんだい……名前なんて、ただの音にすぎない。そんなものは、あられの粒とともに、風にさらわれてしまうだろう。しかも、いまのかれには名前などない。怪獣創造者とでも、いえばよかろうか？　しかし、この称号も、いまはは くだつされてしまった。そして、けがされてしまった……

「あんた、だれなのかね？」

と、森番はしつこくききただした。

すると、奇妙な答えが、はね返ってきた。

「人間だよ」

ふたりの片腕の男は、もはやふり向きもせず、森の中に入っていった。そのあとの雪の中には、深い足跡が青く残され、銀色の雪の粉が、煙るようにゆっくりと舞いおりていく。

さっと吹きつける風とともに、かすかな歌の文句が、森番の耳にきこえてきた。

旅に出るとき　ほほえみを

訳者のあとがき（『怪獣17P』大光社版）

ロシア人というのは、なかなか話し好きでウイットに富んだ人種である。昔から現在まで、ロシアの名だたる詩人や作家が、必ずといっていいくらい、その成長の過程で古い民族的な民話民謡などに親しんでいる。また、それをきかせてやる語り手が、こうした詩人や作家のまわりに出現するのである。たとえば詩人のプーシキンが乳母のアリーナ・ラジオーノヴナから、古いロシアの民話を聞き、そこから民族的ことばや表現の源泉を得たこと、あるいは作家のゴーリキイが、同じく祖母アクリーナ・イワーノヴナに育てられ、その影響のもとで民衆の精神をわがものとしていったことなどは、文学史的にも大きな意義をもつものとされている。プーシキンの有名な詩に「冬の夜」というのがあって、その中に「わたしにうたっておくれ、やまがらが海のかなたにひっそりと住んでいたという歌を。わたしにうたっておくれ、朝早く乙女が水を汲みにいったという歌を」という一節がある。これは、自分の年老いた乳母に向かって語りかけている詩行であって、詩人がこのような美しい民謡のモチーフをいかに大切にしていたかということを、はっきりと証明するものといえよう。

話し好きであるというロシア人の特質は、このように文学の分野に大きな影響をもたらしたのみでなく、かれの社会生活や政治の面にもいろいろと影響しているように思われる。ロシア語に「フィロソーフストウォワチ」という動詞があるが、これは哲学ということばから生まれた動詞で「哲学する」、つまり「哲学的な話をする」とか「理窟をこねる」といったような意味で、これと同じ動詞はフランス語などにもあるが、ロシア人は、昔から実にこの「フィロソーフストウォワチ」が好きである。ドストエーフスキイの小説などを読むと、えんえん数十ページにわたる「フィロソーフストウォワチ」が出てくる。たとえば「カラマーゾフの兄弟」に出てくる「大審問官説話」とか、「白痴」の「イポリットの告白」などがそれであって、「大審問官説話」においては主人公イワン・カラマーゾフの口をかりて、神の権威そのものの否定に通ずる悪魔的哲学、当時の宗教的倫理からすれば明白な異端的哲学を展開してみせたわけである。このような話し好きな性格、一種の民族性が、ロシア人のあいだに生まれ育ち、かれらの芸術や社会生活、政治などに大きな影響をもたらし、かれらに独特の瞑想的風貌と思索的性格をあたえるに至ったのも、あながち偶然とはいえないであろう。

御存知の通り、ロシアという国は、冬が長い。ロシア人はお茶好きだが、要するにかれらは、冬の夜長にお茶をのんでは「フィロソーフストゥヴォワチ」をやるわけで、かれらの話し好きも、ひとつにはこういう自然の風土的環境によるものと思われる。

もうひとつの原因は、ロシアの歴史や社会制度の中に存在している。ロシアは長年にわたって異民族とたたかい、中世には三百年におよぶタタール人の支配の時代を、経過した。その後、近代的統一国家が成立したが、ツアーによる支配体制は農奴制を基盤とした強権支配であって、それは、一九一七年の社会主義革命に至るまでロシア民衆の生活と社会の上に、重く暗くのしかかることとなった。こういう歴史や社会制度の中で、ロシア人が現実外の夢を求め、未来を熱烈に志向したのも、むりからぬことであろう。それらの中で、ロシアの民衆は、たとえば「石の花」におけるように祖国の無限の富をたたえ、その富が本源的に民衆に属するという希求をあらわし、あるいは、現実を支配する王侯貴族、僧侶などを痛烈に諷刺したりするわけである。宗教的側面はべつとして、たとえばトルストイの民話「イワンのばか」においても、そのような民衆の気分が、明確に反映しているといえよう。

こういうわけで、話し好きのロシア人の話の中では、昔からファンタジーとロジック、荒唐無稽と現実生活というものが、たくみに統一されているような気がする。

　今年の十月、再度、日本を訪れたソ連の作家ワシーリイ・アクショーノフに会い、かれといろいろな話をしているうちに、ロシアのアネクドートをいくつかきかせてもらった。そのうちのひとつに、こんな話がある。酒好きのロシア人のあいだには、知らない同士が三人集まり一ルーブルずつ金をだし合って、いっしょに一本のウォトカをのみ、のみおわるど「じゃ、いずれまたな」という工合に、ぱっと三方に散ってしまうという習慣がある。そこで……あるアメリカのスパイが、パラシュートでソ連に潜入、半年間スパイ活動をやってアメリカに脱出した。スパイのボスが「報告書をかけ」というが、くだんのスパイは一行もかけない。かれがボスに答えていわく「畠のまん中におりてパラシュートをたたんでいるところへ、ふたりのロシア人の農民がかけ寄ってきて、『三人目が見つかったぞ』といったところまでは憶えているが、それからあとはなんにも分からない」と。このアネクドートにはヴァリエーションがあるそうだ。……パラシュートでおりたアメリカのスパイは三人で、うちふたりは、その場で逮捕されてしまう。三人目だけがまんまと都市に潜入、ある日のことパンを買いに食品店に立ち寄ったところ、ふたりのロシア人がかけ寄って『三人目が見つかったぞ』といったとたん、そのスパイは、自分が三人目のスパイであることを気づかれたと思い、そくざに手をあげた、というのである。

酒にまつわるアネクドートはその他いろいろあるが、こういう話にもロシア人独特のファンタジー・プラス・ロジックみたいなものが、感じられる。

そのほか、ゴーゴリの「ジカーニカ近郊夜話」「鼻」「外套」、あるいはプーシキンの「葬儀屋」あたりからはじまって、文学史的にもロシア人のもつファンタジーとロジックの融合を、証明することができるのではなかろうか。

要するに、こうして見てくると、元来ロシア人には、いわばSF的素質が、かなり顕著にそなわっていたと、いえるであろう。

最近のソ連の文学では、いわゆるSFがなかなか盛んになってきている。この傾向は、世界的な傾向ともいえようが、特にソ連における宇宙科学の発展、原子力やオートメーションの開発、など、要するに科学技術分野での成功に刺激されたものと、思われる。「若き親衛隊出版所」から出されているSFと推理小説専門誌「探求者」は、三十万部の発行部数をもっているし、「ファンタースチカ」と題する年間アンソロジーも、毎年出版され、この方は十六万五千部程度の部数をもっているようだ。ただしソ連では、SFすなわちScience fictionとは呼ばずに、「ナウーチナヤ・ファンタースチカ」つまり科学幻想小説と呼んでいる。福島正実編の

「SF入門」（早川書房刊）によると、ヨーロッパではH・G・ウェルズ以後にScience fantasyという呼び方があり、これは「矛盾した」呼び方だとかかれているが、とにかく現在でも「ナウーチナヤ・ファンタースチカ」が、いわゆるSFに相当するロシア語である。この「ナウーチナヤ・ファンタースチカ」ということばにしても、一九五九年版の「ソヴェト小百科辞典」では「ナウチノ・ファンタスチーチェスカヤ・リテラトゥーラ」となっていて、項目にはオーブルチェフ（一八六二〜一九五六）の「地底探険旅行」とアレクセイ・トルストイ（一八八二〜一九四五）の「アエリタ」しか記載されていない。一九六四年版の二巻の「小百科」には、すでに現在では世界のSF界でも有名となっているベリャーエフ（一八八四〜一九四二）、エフレーモフ（一九〇七〜）、そして一九六〇年後に登場したSF作家ストルガーツキイ兄弟（兄、アルカージィ、一九二五年生。弟、ボリース、一九三三年生）、ドニエプロフ（本名、アナトーリイ・ミツケーヴィチ。一九一九年生。一九五八年より作品を発表しはじめる）などの名前が誌(しる)されている。この点から見ても、ソ連のSFが、ここ数年来で急速に発展したということが分かる。この急速に発展した最近のソ連SFの作家ならびに作品については、前記「SF入門」において、袋一平、飯田規和の両氏がくわしく説明しているので、一読をおすすめしておきたい。

こういうわけで、ソ連では、大昔からある種のSF的伝統のようなものがありながら、いわば、近代的小説がこの数年来に至るまで大体的に発展しなかったのは、なぜだろうか。ひとつには、いわゆる「スターリン時代」にある種の文学的偏向が生じて、これがSFに関連ある作品を、おさえていたということがあろう。しかし、主として考えられるのは、なんといっても近代的SFの本場はフランス、イギリス、アメリカなど、いわば西欧資本主義諸国であり、資本主義の本質的性格のひとつである自由競争、いわば強食弱肉的精神と、さらに産業革命以後の技術重用の精神とが、近代SF小説を生みだしたのである。最近に至るまで、ソ連の文学界がSFにつめたかったのは、このあたりにも原因がひそんでいるのではなかろうか。

ソ連のSFが、非常に楽天的であるとか、あるいは、ヨーロッパ、アメリカあたりのSFと比較して面白くないなどといわれるゆえんも、ソ連の「ナウーチナヤ・ファンタースチカ」の目ざしているのが、必ずしもヨーロッパ・アメリカ流のSFでなく、たとえば宇宙ものにしても、エフレーモフの「アンドロメダ星雲」（五八）に見られるように、遠い未来における人間と宇宙との統一という形をとっている。つまり、宇宙人や怪物と、人間が闘争し、単に征服するのではなく、未来世界の建設を目ざす結果になるのである。このあたりに、ソ連SFが「くいたりない」といわれるゆえんがあるのだろうが、やはり、わたしなどは「ここからソ連SFが出発している」と見て、将来の雄大な発展を期待したいと思う。

その他、最近のソ連ＳＦに関して語ることは、まだまだ多いと思うが、枚数の関係でつぎの機会にゆずらせていただく。

最後に、本書に収録した作品と作家について、簡単にのべておこう。「怪獣17Ｐ」は、原題は「旅に出るとき　ほほえみを」であるが、これではあまりにSFらしくないという意見もあり、ここに出現する「怪獣」の名を訳題とすることにした。この小説なども、いわゆるＳＦの概念からするといささか破格であり、ＳＦ的プロットよりも、むしろ孤独なインテリゲンチャの外部状況との対決といったことが、主要なものになっている。ある意味では、ＳＦ的哲学論の展開ともいえる。その点では、わたしが最初にのべたロシア人の話の特質、つまりファンタジー・プラス・ロジックの見本のようなものである。内容的に見ても、かなり現代的に重要な問題を提出しているし、緊迫したイメージとリアリティをかねそなえている作品といえよう。ここでは、孤独と監獄、流刑に耐えぬくインテリゲンチャが、誇らかに社会主義を目ざすという過程が、ＳＦ的手法をかりてたくみに描かれている。また一方においては、アカデミーでの選挙場面、裁判場面など、この作品の多くの山場が、いわゆる個人崇拝時代の諸事件の暗喩ともとれるが、これは裏の読みすぎというべきだろうか。

作者ナターリヤ・ソコローワ（一九一六〜）は、一九三八年にゴーリキイ文学専門学校を卒業後、批評家、ルポルタージュ作家として文学の道に入った女流作家、一九六五年「ソヴェト作家出版所」から「幸福なる千歩」と題する作品集も出版しており、これには中篇「かなたからきたもの」というSF的作品もおさめられている。本作品は、一九六五年のアンソロジー「ファンタースチカ」第三巻よりとらせてもらったもので、作者自身はこれを「物語的、幻想的中篇小説」と称している。

また、リムマ・カザコーワ（一九三二〜）は、元来は女流詩人、ソ連の大衆雑誌「青春」や「文学新聞」に作品を発表。これまでに処女詩集「東洋での出会い」（五八）詩集「あなたのいるところ」（六〇）「詩集」（六二）その他が出版されている。若々しい感覚と自己表現、そして建設の意欲にもえた女流詩人として、多くの読者を得ている作家である。なお短篇「実験」も、前掲のアンソロジーからとらせてもらった。

なお、なまけものの私を日夜カンシしてくれた大光社の鬼頭千鶴子嬢に心から感謝の意を表します。

昭和四十二年一月

草鹿外吉

訳者あとがき（サンリオSF文庫版）

ここに訳出した『旅に出る時ほほえみを』は、ソ連の女流作家ナターリヤ・ソコローワの作品で、ソ連の「若き親衛隊出版所」が毎年出版しているSF小説年間アンソロジー『ファンタースチカ』の一九六五年版第三分冊に収録されたものである。

ソ連の『文学小百科辞典』によると、作者のナターリヤ・ヴィクトーロヴナ・ソコローワは、一九一六年四月二十五日、オデッサ生まれ、一九三八年にモスクワの「ゴーリキイ文学大学」を卒業した。最初は文芸評論家として登場し、初仕事は一九三六年となっている。一九五〇年代末から小説をかきはじめ、中編『四人家族』（五九）を発表した。これは第二次大戦中、戦後にわたってのモスクワのある家庭の生活を、その主婦の目を通して語るというものである。一九六〇年代の彼女の諸作品『ニコライ・ウォルコフの愛』（六一）『愛の戦略』（六六）『特急列車、一二〇三』（六八）『タイヤがアスファルトを滑る』（七〇）などは、いずれも現代に住む人びととの生活と意識のあり方に深くかかわった作品である。一九六五年、「ソヴェト作家出版所」から『幸福なる千歩』と題する作品集も出版しており、これには中編『かなたからきたもの』というSF的作品もおさめられている。

なお本編が収録されたアンソロジー『ファンタースチカ』の巻頭解説によると「ナターリヤ・ソコローワは数冊の書をかきあげている。中編『旅に出る時ほほえみを』は、伝統的な『ベリャーエフ式』の形式のものであるが、そのことは、本編がきわめて現代的であるのみか、緊急な作品であることをさまたげてはいない。すぐれた技量によってかきあげられたこの中編は、資本主義西ヨーロッパを熟知しているという点においてもすぐれた作品である」と、されている。

アレクサンドル・ベリャーエフ（一八八四〜一九四二）は、ソ連の「ナウーチナヤ・ファンターチカ」つまり科学幻想小説の元祖的な存在として知られているが、この種のソ連のSFは、フランス・イギリス・アメリカのそれと比較するに、どちらかというと哲学的であり、楽天的である。それはひとつには、ロシア人の国民性のしからしむるところともいえよう。たとえば宇宙ものにしても、エフレーモフ（一九〇七〜）の『アンドロメダ星雲』（五八）に見られるように、遠い未来における人間と宇宙との統一という形をとっている。

さて、『旅に出る時ほほえみを』は、どちらかというとSFらしくない作品といえる。ここには、宇宙人もUFOも、未知の惑星も星雲も出現しない。科学技術的な素材といえば、やたらと巨大で不格好な怪獣17Pのみであり、それも、二〇世紀後半を風靡している宇宙ステーションや宇宙艇と比較すると、いささか漫画的である。しかし、だからといって、この作品がSFという文学のジャンルから除外されることはあるまい。

作者自身はこの物語を「現代のおとぎばなし」と称しているが「現代」のそして「おとなの」「おとぎばなし」であるところに、SFとしての重要な価値があるといえはすまいか。つまり、現実にわれわれの住んでいる今日の世界の状況からまったく無縁でないぎりぎりの限界にまで、換言するなら荒唐無稽にならない限界にまでさまざまな可能性をおしすすめていったとき、人間はどうなるのか、どうあるべきかという問題である。これは、人間の存在や文化をロングレンジで想像し考察するということだが、そこに今日のSFの興味や意義の源泉がひそんでいるといえはすまいか。

作者ソコローワは、そのSFの限界の方向を、遠い遠い惑星や何百年の未来にではなく、この地球に向けている。「今日の世界と無縁でない限界」「荒唐無稽でない限界」において、恐るべき可能性が現実となりうる。いわばＳＦ的世界が現出しうるというのが、まさしく作者の主張にほかならない。そして、一九六五年にかかれたこの作品を、今日、読み直してみると、彼女のその主張がきわめて予言的であった。しかも今日、ますます予言的であると感じとるのは、わたしのみではないであろう。この小説にかかれたような事件が、たとえば韓国やチリなどでひきつづき起こり、正直いって、この日本でもいつ起こるとも知れない。その恐怖を作者ソコローワは、ＳＦの方法、彼女のいう「現代のおとぎばなし」によって、彼女独自の詩情とペーソスをこめた作風によって、実に美事に普遍化しているのである。それは、ＳＦの方法によってのみ可能だったともいえる。

　この作品を読んでいると、この他にもわたしは、さまざまなことを考える。そもそもこの作品のかきあげられた一九六五年の二年前、すなわち一九六三年七月にはソ連、アメリカその他の国ぐにの間で、部分核停条約が締結された。それは、周知のごとく地下核実験を野放しにした条約であり、今日ではすでに世界の多くの人びとによって、その実効性を疑われているものである。この小説に出現する怪獣17Ｐは、どうやら地下核物質（爆弾）と見られないこともない。この怪獣17Ｐが地下数千メートルまでもぐりこみ、その結果、いかなる国境もなきに等しくなる。「国家総統」はその軍事性に目をつけているわけで、このあたりが、一見、漫画的と思われる怪獣17Pのアレゴリカルな面白さがあり、同時に、作者の政治性や哲学性の並なみならぬ鋭さを物語っているといってよい。

さらに作者は、ここでインテリゲンチャの孤独、そして人間がいかに誠実に生きぬくべきかという問題に迫っている。自己の主張や信念に基づいて生きようとする人間には、死刑や追放が待っている。いったいソコローワがどの程度、自覚的に（意図的に）こうした設定を行なったか明確でないが、二度もくり返しているように「フェニキア語のエレブもしくはイリブ」「日没を意味している」国ぐにでの事件と断わっているにもかかわらず、「科学芸術院総裁」「卑劣への転換」その他の章に見られる一連の事件の進行は、最近のソ連国内における諸事件、たとえば「ソルジェニーツィン事件」など十分に連想させるものである。「流刑だって、そいつはひどい。そりゃ、死よりももっと恐ろしいかも知れん」（五四ページ）と《人間》はいうが、そのかれが、恐ろしい「忘却の刑」（二六一ページ以降）に処されてしまうのである。この「忘却の刑」というのも、なかなか示唆的である。今日でもソ連では、政治的理由によって罪に問われた人びとの名が百科辞典その他の印刷物からしばしば抹殺されてしまう。ソルジェニーツィンの扱いにしても、そうである。もちろんソコローワが、この小説をかいた一九六五年に、七四年二月の「ソルジェニーツィン事件」を予想したとは思われないが、少くともこの作品には、そうした予見性もふくまれていると評価してよい。そう考えてみると、原書の巻頭解説が「この中編は、資本主義西ヨーロッパを熟知している点においてもすぐれた作品である」と断わっているのは、いささか皮肉であると思えてくる。

最後につけ加えたいのだが、やはりこのＳＦ中編小説は、ソ連的伝統にしたがっているという点である。いささか漫画的に見える怪獣17Ｐにも、なかなか興味ぶかい特質を指摘しうる。最近（一九七八年十一月）ＭＧＭ映画の『二〇〇一年宇宙の旅』を見たが、あの「宇宙探険船ディスカバリー号」にのせた「コンピューターＨＡＬ九〇〇」は、どことなく怪獣17Ｐに似ている。ところで、「ＨＡＬ九〇〇」は、主観的感情を抱かないように設計されており、それを抱くようになったため、乗組員たちみずからこのコンピューターを破壊しようとして、カタストロフを招く。逆に怪獣17Ｐは「苦悩や痛みを心得ている」（一九九ページ）ことによって、《人間》を慰め力づけているのである。それのみでなく、《人間》が教えこんだ虚偽にたいして積極的に協力するという設定になっている。ここに、人間の知性を肯定していくというソ連ＳＦの特質が語られていると、いえはすまいか。

その他、たとえば五五ページ以降の《人間》と総裁とのメカニズム論争、あるいは八九ページ以降の《人間》と作家とのタレイラン論争など、人類の未来を展望する上での重要課題を提出している点でも、この作品はまことに興味つきない好編といえるであろう。
本編は、一九六七年「大光社」より『怪獣17P』の訳題で出版されたが、今回、「サンリオ」出版部の御好意で、改訂の上、文庫に入れることとなった。六七年春、わたしはモスクワで、作者ソコローワの家を訪ねたが、まことにきびきびした初老の女流作家で、母親に似て気分のよい息子と娘がいた。みんなで、詩の朗読などをしてくれて楽しく一夜をすごしたが、ここにふたたび、彼女の健康と健筆を願って筆をおく。

草鹿外吉

本書はナターリヤ・ソコローワ『旅に出る時ほほえみを』（草鹿外吉訳、サンリオＳＦ文庫、一九七八）の再刊です。

今回の復刊では、この翻訳が『怪獣17Ｐ』（大光社〈ソビエトＳ・Ｆ選集１〉、一九六七）の題名で初めて刊行された際の「訳者のあとがき」もあわせて再録しました。なお、文中にあるように、同書にはリムマ・カザコーワの短篇「実験」が併録されていますが、本書（Ｕブックス版）には未収録です。

なお、本書中には今日の人権意識に照らして不適切と思われる語句を含む文章もありますが、作品の時代的背景にかんがみ、また文学作品の原文を尊重する立場から、そのままとしました。

——編集部

著者紹介

ナターリヤ・ソコローワ　Наталья Соколова

1916年、オデッサで生まれる。父親は劇作家、母親は女優で、叔母に文芸批評家のリディア・ギンズブルグがいる。モスクワのゴーリキイ文学大学を卒業後、文芸評論家、作家、ジャーナリストとなる。小説に『四人家族』(59)、『ニコライ・ウォルコフの愛』(61)、『旅に出る時ほほえみを』(65)、『幸福なる千歩』(65。作品集)、『愛の戦略』(66)、『特急列車、一三〇三』(68)、『タイヤがアスファルトを滑る』(70) などがある。2002年死去。

訳者略歴

草鹿外吉(くさか・そときち)

1928年、神奈川県生まれ。早稲田大学大学院博士課程修了。日本福祉大学教授。ロシア文学者・詩人・小説家。1993年没。著書に『草鹿外吉全詩集』(思潮社)、『ソヴェト文学と現代』(光和堂)、『灰色の海』『海よさらば』(新日本出版社)、訳書にプーシキン『プガチョーフ叛乱史』(現代思潮社)、ブリューソフ『南十字星共和国』(白水Uブックス)、ソコローワ『旅に出る時ほほえみを』(白水Uブックス)、『エフトゥシェンコ詩集』『マヤコフスキー詩集』(飯塚書店) 他。

編集＝藤原編集室

本書は1978年にサンリオより刊行された。

白水uブックス　228

旅に出る時ほほえみを

著　者　ナターリヤ・ソコローワ
訳者©　草鹿外吉
発行者　及川直志
発行所　株式会社 白水社
東京都千代田区神田小川町3-24
振替　00190-5-33228　〒101-0052
電話（03）3291-7811（営業部）
（03）3291-7821（編集部）
www.hakusuisha.co.jp

2020年1月30日　第1刷発行
2020年3月1日　第2刷発行
本文印刷　株式会社精興社
表紙印刷　クリエイティブ弥那
製　本　加瀬製本
Printed in Japan

ISBN978-4-560-07228-8